私が愛したトマト

髙樹のぶ子

潮出版社

私が愛したトマト　目次

装画　夜久かおり
装幀　池田進吾
(next door design)

旅する火鉢

旧《ふる》い我が家の家族写真には、必ずと言っていいほどこの火鉢《ひばち》が写されている。日常生活のひとこまをスナップ写真として気軽に撮る昨今と較《くら》べて、当時はカメラも貴重品で、写真屋さんが家に来るか写真館に出掛けるかして、改まった雰囲気で撮影するしか無かったのだろうし、家族や親戚が集合して記念撮影するとなると、床柱を中心に片や一間の床の間、また片方には違い棚があるお座敷の正面と決まっていて、その傍らにこの火鉢が写っているのも当然といえば当然なのだが、家族は年月とともに生死の移ろいがあり、また結婚式や法事というセレモニーの多様性もあって、被写体の衣服着物もそれぞれ違いがあるにもかかわらず、整列した人間の傍らに、同じ火鉢が同じ顔で鎮座しているのは、見方によれば奇妙な光景である。

まるで不老不死の存在がぽつんとひとつ、時の流れに色褪《あ》せることもなく、人とは別のいのちを生き続けているような、怖い火鉢に見えたりもする。

いのちを持たないいのち。生命体とは別のいのちが、確かにここに在りそうな。

この火鉢がいったいいつ、我が家に来たのかと言えば、すでに記憶の病に溶かされている母親に訊《き》いてもせんなきこと、他の家族も親戚も死に絶えていて、我が家の歴史と古い写真から想像するしかないのだが、母が産まれたのは、今わたしが在住している福岡のようだ。当時祖父は数学教師として、壱岐《いき》や飯塚《いいづか》の旧制中学に勤務していた。

その昔より田畑は山口県防府《ほうふ》市に在った。いつからこの地に住んでいたのかは誰も知らないが、死者をまとめて弔《とむら》う位牌《いはい》立てには、文政や天保の時代のご先祖さまの戒名もあるので、おおよそ二百年このかた、防府の土地を守ってきたと思われる。

その嫡男《ちゃくなん》であった祖父が、守るべき土地を放棄して九州方面をへめぐる放浪教師となった。おかげで終戦後は、農地解放の大変革の中で、不在地主として農地のほとんどを失うという、歴史の鉄槌《てっつい》を受ける羽目になった。そしてその放浪の途中で、母が産まれた。どうもそういうことらしい。

火鉢は有田焼《ありたやき》と思われるので、この北九州放浪の時期に、どこかで手に入れたと考えるのが妥当かも知れないが、もっと以前からの可能性もある。大きさやカタチからは、かなり昔のものらしく、母が産まれる前から何らかの事情で我が家に在ったとすれば、この火鉢、百年以上生き続けてきたことになる。

母は祖父が四十代後半になって授かった子である。母の出生についてはいまや解き明かせない謎があり、四十代に入っていた祖母の年齢からしても、出産にはいささか疑問が残る。高齢出産が一般的になった今とは違い、どうしても不自然さが残る。

ともかく歳の離れた、昔の感覚では一世代を飛び越えた親子であったのは間違いなく、天から舞い降りてきたひ弱な蝶《ちょう》のように、祖父母は両の手であたため、ふところに入れて育てた。その養育にもこの火鉢は役にたったのだと思う。

母は毎朝、近くの神社にお参りしなくては食事が与えられなかった。あなたのご先祖さまは神様だから、と毎朝繰り返し言われたことを、母親はうんざりした顔で恨みがましく語ったものだ。

食が細いのを心配して、ご近所の同じ年頃の子供を集めて一緒に食べさせたし、寒い冬には九枚の洋服を着せ、小学校の遠足となると使用人に山の頂上まで温かい食べ物を運ばせた。

育児の基本を無視した育て方は、年老いて得た子供というだけでは納得のいかない過保護ぶりで、ふと竹取物語の翁《おきな》や媼《おうな》などを想像してしまう。

竹取物語にしろ桃太郎にしろ、老いた夫婦が思いがけなくも子を授かる、という話は昔からあり、結末の幸不幸は一通りではない。

竹取の翁に較べて祖父の四十代後半というのはイメージとしては中途半端だが、明治十八年生まれで人生五十年の言葉が意識されていた時代に置いてみれば、やはりかなりの老齢ではあったのだろう。母はどこから来たのだろう。

母の出生について知っていたのは高木家に婿《むこ》養子に入った父だけだが、その父も早く死んでしまい、すべては闇《やみ》の中に溶け込んで消えてしまった。そしてそれは、消えていくのが相応《ふさわ》しい秘密なのだと思う。

火鉢をコンと叩いて、ねえそうでしょ、と呟《つぶや》いてみるが、返事はない。

あなたは、いつ、どこから来た火鉢なの？

祖父は十代のとき、ということはまだ一九世紀のうちだが、故郷の田畑を弟に預けて、勉学のために東京に出た。日清戦争が終わり、日露戦争が勃発《ぼっぱつ》するまでのことだ。日露戦争で大陸に出兵したのは、おそらく東京から故郷に戻ってきてからだと思われる。

当時の東京物理学校、現在の東京理科大で六年か七年学んだのだという。

六年か七年。よくもまあそんな長い年月。いやいや毎年進級出来るのはごくわずかという、入るは易し出るは難し、で名だたる私学だったそうで、六、七年なら大変スムーズな卒業であったらしい。ちなみに漱石《そうせき》の『坊っちゃん』の主人公も、物理学校の出ということになっている。

そのあと出兵した大陸での武勇伝は、子供のころ耳にタコができるほど聞かされたが、それはさておき、東京物理学校を卒業して故郷に戻ってきたのが、なんと徒歩でだったそうな。

日露戦争であれば、二十世紀に入っていたはずだし、鉄道も通っていたに違いなく、汽車に乗るお金が無かったのか。それともあまり急いで戻りたくなかったのか。

九州に下る友人と一緒の旅で、道中の荷物を、相手の分までどちらかが持つ、という取り決めで、向こうからちょんまげが来るたび交替する。いや、坊主が来るたび交替する。私に話す時々で、交替の理由が変わったが、二十世紀に入ってまでちょんまげが居たのかどうか、坊主がそんなに沢山旅をしていたのかどうか、あとで考えると弥次喜多道中《やじきたどうちゅう》やその手の滑稽《こっけい》話と混同していたのではないかと首を傾げざるを得ないが、ともかく故郷に入る富海《とのみ》の峠まで辿《たど》り着いたとき、眼下の景色を目にして、大声をあげて泣いたというのは、本当ではないだろうか。

芸能人が過酷な旅の体験をテレビカメラで追いかけられて、ついに満願成就となれば、感極まって涙を流したりするのだから、東京から東海道を経て山陽道を毎日歩き続け、本州の外れ近くまでやってきた祖父が、涙を流しても不思議ではない。

祖父の徒歩旅行が当時、どんなものだったのかは見当がつかないし、面白可笑しく話して聞かせた内容が事実かどうかもアテにはならない。日露戦争で大陸に出兵中、食べ物に困って鳥の山に向かって鉄砲を撃ったところ空が真っ黒になるほどの鳥が飛び立ち、一発の弾が貫いた数羽の鳥が地面でバタバタしているのを摑《つか》まえて鍋にして喰った、という武勇伝も、どこかで類似した話を聞いたような気もしてきて、いやあれは池が凍って動けなくなった鳥の足を、稲を刈るように収穫して喰ったという民話だったはず、ならば鳥の山の方はきっと真実に違いない、いや一発の鉄砲の弾が数羽を撃ち抜くことなど出来るだろうかと、こちらもあてどない心地になる。

そうなると本当に祖父は、徒歩で東京から戻ってきたのか、ということまで怪しくなるわけだが、ヒゲ茫々《ぼうぼう》で帰ってきたとき、皆はそれが祖父だと判らないほどだった、などという逸話が残っているのだから、長い日数をかけて歩いたのは確かだろう。

大陸から戻り結婚。坊っちゃんの主人公と同じように、放浪教師として北九州方面に出掛けた。夫婦に子供は出来ないまま年月が経ち、くだんのとおり四十代後半で突然娘を得た。神様がご先祖、という意味は不明だが、自分たちの力量を越えた存在への謙虚さが見えて、この話を反芻《はんすう》するたび、当の母親の不快感とは裏腹に、祖父母を見直した。

もしや子を授かったことも、旅の御利益だったかも知れず、田畑を守って動かなければ決して得られない僥倖《ぎょうこう》であったのかも。

そもそも、数学教師になったのも、物理学校に行ったからで、祖父の人生は不在地主の田畑没収が唯一のマイナスだが、おおむね旅して良かったことになる。

それがいつのことかは別にして、この火鉢を気に入って手元に置いたとき、祖父はまずその絵柄が気に入ったに違いないと、これは確信している。

丸い火鉢は、四方向に窓が開いていて、対面する一対に同じ絵が手描き彩色されている。

小さい窓には、雌雄の孔雀《くじゃく》が描かれていて、滝の傍の岩場で牡丹《ぼたん》の花を愛でつつ滝音に心を奪われているらしい雌孔雀。さらに近景にすっくと立ち上がっている雄は、長い尾を伸ばして自らの美しい姿を見せつけている、まことに典雅な構図。背後には水しぶきを浴びて松が枝を伸ばしている。

けれど祖父が心を奪われたに違いないのは、もう一対の絵柄と思われる。

こちらは旅する人間を描いている、しかも江戸時代の旅人たち。

真ん中に馬に乗る男、その傍らを徒歩で随行する男、そして馬子が馬の口輪を引いている。馬子は頬被《ほおかむ》りしているが、客の二人は編《あ》み笠《がさ》を被っている。この三人がメインキャラクター。

左遠くには富士山らしい山とその手前に川に掛かる橋が描かれ、橋の上を駕籠《かご》が渡っている。右奥では客と人足が駕籠賃の交渉中のようだ。

伝わってくるのは旅の楽しさ、面白さ。

中央の三人の表情はお互いに顔を見合わせて笑い合っているのだから、何かよほど面白い話題で盛り上がっているに違いない。

前日の宿場での思い出話か、いや打ち明け話かも知れない。それぞれ身分は違えど、旅ならではの解放感もあるはずで、そんな会話を想像して見れば、確かに三人はにやけた顔をしている。良からぬ遊びをしたのかも知れない。

祖父の青年期、すでにこの火鉢が我が家に在ったとすれば、この絵柄が祖父に徒歩での旅を誘った可能性もあり、もともと地主の長男として、在所に暮らしていれば生活にも困らなかっただろうに、反対を押し切って東京に勉学に出た、というだけでなく、戻ってきてからも旅から旅の人生を送り、おかげで戦後は思いもかけない不自由な暮らしの中で肩身も狭く生きて死んだ人、つまり夢見るボンボンだったのだから、火鉢の絵に影響を受けたとしても不思議ではない。

夢見る人というのは、現実が見えないかわりに、悠久の時を遊ぶことができる。

農地解放で失われた我が家の、田畑の傍らを流れる小川は直角に曲がっているのだが、それは千年の昔に、人の手で作られた疏水《そすい》であること、まさに周防《すおう》の国の都がそこに存在していたことを教えてくれたのも祖父で、この直角に流れる川は『マイマイ新子』という連作の書き出しにもなった。

小川の曲がり角度を、千年の時空を超えた都へと繋《つな》げた祖父のことだから、生涯夢見るボンボンのままだったとも言えるし、農地解放など取るに足りない変化だと、哲学的な達観を覚えていたような気もするしで、幼かった私には、祖父の正体は見定めることもできないままに、死に別れた。

火鉢の旅の絵を見るたび祖父を思うのは、その都度祖父が生き返り、東海道を旅して見せるからだ。それも江戸時代の旅人として蘇《よみがえ》ってくる。ときには描かれた馬上の人になったり、随行の男になったりする。

もしや祖父は、この火鉢の中にうずくまっているのではないかと、中を覗《のぞ》き込んでみたくもなったが、今は灰も取り除かれてただの空洞、ホコリもたまって、一時期はプランターがわりに使っていたので、ホコリには砂や石ころまで混じっている。

外側には丁寧に絵柄を施されているのに、火鉢の内側は灰をかき分けて見る人もいなかったのだろう、素っ気ないものだ。お茶碗《ちゃわん》だと、お薄を飲み終わり、じっと内側の景色などを眺めるものだが、火鉢の内側を覗き込む人間などいない。

この火鉢、家の中の一番上等な場所に置かれ続けてきたけれど、何枚かの写真を見ると一目瞭然《いちもくりょうぜん》、写真が新しくなるにつれ、背景の床の間や床柱は貧相になっている。

母親が子供のころの、お座敷で琴を弾いている写真の背景には、畳床や床框《とこがまち》、鈍く光る床柱や違い棚が、うすぼんやりと灰色の蔭《かげ》をつくっていて、お座敷の向こう側には廊下があるらしく、障子の上部の欄間から流れしたたってくる明るみが、母の背中あたりを照らしている。そしてその違い棚の真下に、この火鉢は置かれているのだが、部屋の重厚さはただ古い家だからというだけでなく、大工仕事にしても手間暇のかかった、念の入った、万事上質な風情がモノクロ写真からも伝わってくる。

けれど戦後、私が小学二年のときに、戦前から在った茶室に繋げるかたちで造作したお座敷は、とりあえず床の間や床柱はあるけれど、壁紙を貼られていかにも安普請、写真全体が奥行きのない、奇妙な明るさで覆われている。カメラが庶民の手に届く時代になったとは言うものの、露出やフォーカスまで自動で出来る今と違って、素人写真はカメラマンの情けない腕前まで伝えている。

そんな薄ぼんやりした写真の片隅にもあの火鉢はあり、火鉢もまたぼんやりと、居心地悪そうに鎮座している。

さらにその後、茶室を壊して洋間をつくってからは、火鉢は安普請《やすぶしん》のお座敷から洋間のピアノの横に移された。

ここで火鉢は存在の意味をがらりと変えられてしまう。

もともとは家族や客人が暖をとるための火鉢だった。炭や五徳や火箸《ひばし》と共に在ったのに、暖房とは縁のない、和趣味の骨董《こっとう》陶器になり果てた。中の灰を取り去られて、ゴムの木が植わる植木鉢ごと、この大きな火鉢に入れられた。

ゴムの木と火鉢は、いかにも相性が悪い。似合わない。けれどゴムの木は日射しとわずかな水さえあれば、長持ちする観葉植物だ。せめて楓《かえで》や松竹など日本の樹木の盆栽を入れるセンスは無かったのだろうか。

その写真も残されているが、もちろんゴムの木を撮ったものではなく、ピアノを弾く妹を撮影したものだ。母親の琴の写真とちがい、火鉢は死に時壊れ時を逃して、長生きしてしまったあげく、非道な世界にまぎれこんだような無惨さがある。この写真はすでにカラーになっているが、色が褪せ、水底に沈んだ景色を遠く海面から覗き込んでいるような頼りなさ情けなさ。

情けないと感じるのは、妹も私も無理矢理練習させられた記憶のせいだ。内実や身の丈を考えず、これが文化的生活だと思い込み、娘たちにピアノを習わせることが出来る親たちの喜びが、無邪気に透けてみえるから情けない。

母の子供時代の、お座敷でお琴を弾く写真との、なんたる落差か。

この写真の主役はもちろんピアノであるが、主役はいつのまにか退場して、火鉢だけが残ってしまった。

その当時から勘定しても、はや半世紀を越す時間が経っているのだ。

洋間でのピアノ練習、バイエルとかソナチネ、ハノンなどの練習曲を火鉢は聴きながら、この家の人間はみな愚かなものよ浅はかなものよ、このように私の中からゴムの木が伸びているのも、戦争に負けたせいなのだと、写真の火鉢は呟いて見える。

呟く、呟く。

変化出来ないものは、こうやって生きのびるしかない、さもなければ壊される。私は細かい筆先で描かれた美しい窓を四つ開いているので生きのびることが出来たが、藍《あい》だけの簡素な絵柄の手あぶり火鉢なんぞ、プランターにさえしてもらえず、どこかに放り捨てられた。そんなもんだ、火鉢のいのちなんて。

私は火鉢に言いきかせる。いのち永らえる秘訣は、そこに在り続けるだけではダメなのだと。

たとえ色やカタチを変えることは出来なくても、新しい物語を生み出すことなら出来るし、モノが生き続けるということは、何かを放出し続けることなのだと。

どこから来て、今ここにあり、どこに行くのか。

すべてを知ることなんて出来ないけれど、ときどき出自をごまかしたり、虚飾したりしながら、火鉢は一方的にここに在り続ける。たぶん私が死んでも、私の死という物語を呑《の》み込んで、生き続ける。

いまや私の所有物なのに、私の寿命を越えて旅を続けるのだろう。


故郷は門前町《もんぜんまち》、山の中腹まで石段を登った先に天満宮があり、市街を一望できた。手前には街並みの瓦《かわら》屋根が広がっていて、遠く南の方向には白濁した海が光っている。海の中にカタチの良い島が立ち上がり、手前の陸地と橋で繋がっていて、橋の東側は湾になっている。

天満宮の傍らの広場は、夏は盆踊りや縁日で賑わい、広場の周りをこの神社らしい梅の木が取り囲んでいる。広場はいつも乾いていて、暑い季節は天日を真っ直ぐ受けて白砂が燃え上がりそうだし、真冬であれば、寒風に吹き上げられた砂や土が、低い地面のそこかしこに渦《うず》をつくっていて、どうかすると干からびた餅《もち》のように地面に亀裂《きれつ》が走っていたり。

雨のそぼ降る景色も記憶にはある。あるにはあるが、なぜだかサーカスのテントがいつも雨の中に広がっている。

円形テントだ。てっぺんの真ん中に立つピエロも、全身濡《ぬ》れそぼっており、斜面をつくるビニールの屋根は、強い雨でもないのに、雨雲と同じ色を鈍く反射させていた。

空の色とテントの屋根が溶け合い、ピエロは中空に浮いて見える。ピエロは三角の帽子を被っていて、着ている服は白地に赤いドット。顔のあたりが剝《は》げていて、目を凝らすと怖い表情にも見える。泣き顔に見えるときはさらに怖い。

ジンタが擦り切れたレコードの音で流れてくる。ものがなしく、荒ぶる気配が混じっている。

テントの端に取り付けてある拡声器から声が流れてきた。

いらっしゃい、入ってらっしゃい、お嬢さん、お代は右手に握りしめているお金で大丈夫。中に入れば、そこは天国の花園、この世とは思えない奇蹟《きせき》の美しさ。パリかローマかハワイかロンドン。そんな街よりずっとキレイだよお嬢さん。

そう、その白いビニールの幕を押して中へ入ってごらん。そうそう、今日は気前よく行きましょうね、入ってすぐ右側に立っている縫いぐるみのクマさんの手の平に、お金を載せてね。

テントの周りには誰もいない。

厚いビニールの幕を押すと、片側がすっと奥に流れて、中にはうすむらさきの空気がいっぱいに詰まっている。

天井は明るくて、足元は空気が濃い。

その暗がりの中に、黒い毛の足がある。顔の傍に手が伸びてきた。クマが手の平を差し出している。十円玉を三枚乗せると、男の声で、ありがとうございますと言った。クマの目を見ると、まん丸のガラス玉だった。口が細く裂けて、歯のかわりに人の目があった。

舞台も円形で、少し高くなっている。暗がりの中に円盤のように浮いていた。

舞台の床は何枚かの白い板が載せてあるだけで、中央にぽつんと影が乗っている、と思ったら、テントの真上に立っているピエロだった。天井には細い梁《はり》がコウモリ傘のように集まっていて、その一点に立つピエロの影が真っ直ぐに落ちていた。てっきりテントの中央に柱が立っているものだと思っていたけれど、柱は無くて、ピエロの周りだけビニール屋根が破れて雲色の空が覗いている。晴れた夜空なら星が見えるだろう。

椅子《いす》をどうぞ。

背後で声がして、椅子が置かれた。腰をかけると、ひんやりして心地が良い。

それでは、はじまりはじまり。やはりクマの縫いぐるみの声だ。

テントの奥から舞台へと続く細い道を、一輪車に乗った女の子が出てきて、舞台との段差をひょいと乗り越えると、ピエロの影の場所に静止した。右手の人差し指を高く高く伸ばすと、呪文《じゅもん》のような、鳥が鳴くような細い声をあげる。

それからゆっくりと上半身を折り曲げて挨拶《あいさつ》をした。愛らしい、幼い顔つきだ。

少女にはどこかで会った気がするが思い出せない。何度も言葉を交わした気もするけれど、鳥が鳴くような声には記憶がない。

胸から下の全身に貼り付くような、朱色の衣装とタイツ姿で、一輪車の上でバランスをとっている。その姿、片足で立っているような安定感がある。

首や両腕は素肌のままだが、両肩の上に、パッドのように羽を付けている。衣装と同じ朱色だが、どうやら本物の羽毛で作られているらしく、肩のかすかな動きをフワフワと伝えている。

少女はゆっくりと舞台の上を、時計回りに回り始めた。立っているときは安定していた身体が、一輪車の方向を変えるとき、滑らかさを欠いてカクカクと動く。一度静止して、方向を定めて足を動かす、そのとき少女の身体は少しだけ傾いて揺れた。

カクカクしながら正面を通過するとき、肩の羽が風に捲《まく》られるように、一瞬逆立った。

羽は少女の肩から生えていた。太い羽の根本がしっかりと肌に入り込んでいるのが見えた。

何周も同じ方向で舞台を回り、最後に真ん中で深々と上体を倒して挨拶。青白い笑顔が美しい。

肩、痛くない？

訊《たず》ねると、少女は答える。

飛ぼうとすると痛いの。でも夜になると飛びたくなる。飛べそうな心地がして、バタバタ羽ばたいてみるけど、飛べない。そんなとき、泣きたいほど肩が痛くなる。

大人になって、羽がもっと長く伸びれば、きっと飛べるようになるわ。

いいえ、この羽は空を飛ぶための翼ではないの。どこかで諦《あきら》めなくてはならない。私は鳥ではないの。羽があっても鳥ではない。

そうかしら、羽があれば鳥よ。ペンギンも孔雀も、羽があるから鳥。孔雀が飛ぶのを見たことがあるわ。ほんの短い距離だったけど。

少女の顔にわずかに赤味が差した。カタカタと一輪車の角度を変えながら、舞台を半周して奥へと消えた。

入れ替わりにテントの奥の裂け目から走り出してきたのは同じ年頃のもっと痩《や》せた少女だった。真っ白なバレエ用のチュチュとタイツ、髪の毛をアタマの上で丸くまとめて、子供なのに大人びた顔つきをしている。

このサーカスの演技者はみな子供なのだ。

舞台の真ん中で少女がお辞儀をすると、天井からするするとブランコが下りてきた。それを片手で受けると、ぶら下がったまま中空まで引き上げられ、両手で握り直したとたん、機械仕掛けの人形のように半円を描いて逆立ちになった。

その姿勢で、下を向いた顔が微笑する。懐かしい気分で微笑み返すと、ぐるぐると大車輪のように回り始めた。まるで両手とブランコのバーが磁石でくっつきあっているみたいに、しっかり握られている。

その回転の速さといったら。

目が回るよ、あぶないよ。

高速回転するコマのように、少女の足先が大きな円を描き、アタマの髪は黒く小さな円、チュチュはもう、遠心力で足に貼り付いてしまい、淡い灰色に溶けてしまった。

あまりに高速のため、大小の円さえ消えて円盤が回転しているようにしか見えないのが心配になり、
もう下りてらっしゃい、このままだとどこかに飛んでいってしまうわ。

そっと呟いた声が聞こえたらしく、ええ、飛んでいくわ、と返事があった。そしてそのままブランコから離れ、ボールのように丸くなった少女は、舞台奥の裂け目へと吸い込まれていく。物音ひとつしない消え方だった。

無事だったのかしら。

思わず拍手した音が、テントの内側の湿った空気を突き抜けて広がる。拍手の音ひとつが、そのままテントの中を、無限の宇宙を周遊するように彷徨《さまよ》って行くらしい。ぶつかるものが無いので、飛び続けるしかない。以前読んだ本に書いてあった。宇宙は楕円形《だえんけい》で、光りはその楕円形の内側を、ぐるぐる回り続けているのだと。

寂しい音を生み出してはならない気がして、両手を握りしめたが、いったん生み出したものは永遠に存在してしまう。人も音も消えずに残る。

一輪車の少女もブランコの少女も、消えることができないまま、このテントの中を永遠に回転しているのだろう。

目を上げると、破れたテントの隙間《すきま》から、ピエロが風見鶏のように、けれどどちらから風を受けているのか判らないほど、必死で回り続けているのが見えた。

ほらほら、あなたの目の前にあるのは舞台ですよ。舞台の上で出来ることは限られています。しっかりと見てあげてくださいね。

ピエロに促されて視線を戻すと、真ん中に奇妙なものがどっかりと置かれていた。

あ、あの火鉢だ。

驚きの声が出てしまったのは、二人の少女を見たときよりさらに鮮明に、記憶が動き出したからだ。この火鉢は、間違いなく私の持ち物、いえ、昔は母や祖父や、もっと別の人の持ち物だったけれど、いつしか私のところにやって来た火鉢。

色や絵柄は、靄《もや》に包まれたように覚束《おぼつか》ないけれど、まちがいなくあの火鉢。どっしりと大きくて、十人の家族が手を炙《あぶ》ることもできそうな。

けれど上下逆さまで、お尻が上を向いている。百キロ近い重さの火鉢をひっくり返すのは容易ではなく、お尻を見たことはないけれど、こんなものだろうと思える程度に、白くてざらざらしている。

その巨きな火鉢がごそりと動いた。

動いた。生きてる。でもそんなことがあるものか。

岩場に張り付いたサザエのように、一方がわずかに前へ出て、しばらくしてまた反対側が躙《にじ》るように動く。

なにか仕掛けがあるのか、どこかで誰かが動かしているのではと目を据《す》えて様子を窺《うかが》う。

心を鎮めて見続けていると、伏せた火鉢の片側が持ち上がり、その下から細い手が出てきた。まるで極彩色《ごくさいしき》の巻き貝から伸びた水管のようだ。一本でなく続いてもう一本、ということは、火鉢の中にヤドカリのように潜り込んで、人間が動かしていたのだ。

そうと判ってみれば、なぜこの火鉢がサーカスの舞台にあるのかは別にして、さほど驚くに値しないことだと、納得と安堵《あんど》の溜息《ためいき》。丸いものが丸いテントの丸い舞台の真ん中にあるのは、自然なことかもしれない。

与えられた調和を受け入れてみたものの、やはり二本の細い腕は、生きもののバランスの悪さを感じさせる。火鉢の中から何が立ちあらわれて来るのか怖くなった。

二本の手の次に出てきたのは髪の毛だ。続いて頭部と肩、そして背中から腰にかけてが、切実な脱皮劇のように、コマ落としの映像もどきに進行し、ついに火鉢の傍に立ち上がったのは、またしても前の二人と同じ年頃の少女だった。これで三人目か。

ブランコの少女は髪を束ねていたけれど、今度の少女は西洋人形のようにカールした髪の毛を、両頬に垂らしている。

いったい何人の子供達がいるのか。

全員、同じ少女が衣装や髪型を変えて出てきたのであっても不思議はないが、やはり別の少女に見える。

じっと見詰めると、少女の中に別の少女が入り込んでいるような気もしてくる。そうなると全部で何人だと勘定すれば良いのか。

少女と目が合ったとき、一瞬微笑んだ気がするが、その微笑みもいつかどこかで、写真の中に繰り返し見たような気がした。母親の子供時分の顔、いえその顔の中から生まれた少女。遠く隔《へだ》たった場所に置かれていた親しみが身近に戻ってきたような、曖昧《あいまい》だが確かな幸福感。

少女は手招きする。舞台まで来いと言っている。

椅子から離れて白い舞台へと上がっていくと、ビスクドール人形のような腕が伸びてきて、さあ、私のお仕事を手伝って、とまばたきもせず言うので、ええ、手伝うわ、とその手をとった。

何を手伝えばいい？

この火鉢をぶんぶん回すの。フットジャグリング。

それは無理でしょ、だって重いもの。百年も昔の火鉢だもの、百キロぐらいあるかも知れない。足が細いので、失敗したらきっと折れてしまうわ。

そう言いながら、けれど先ほどから一輪車もブランコも、姿が見えなくなるほど早く回転できたのだから、上手く出来るかもしれないと思う。

無理だと思えば、すべて無理なのです。

少女は大人びた目で見返した。

はい、手伝います。

あたしの足の上にのっけてくれる？

少女は床に寝そべり、両足を高く持ち上げる。白いタイツの先に、さらに白いソックスをはいていて、その足裏には無数のゴムのドットが付いている。ジャグリングの滑り止めだ。

重くて持ち上げられないよ。

試してみて。ダメだと考えるのはそのあとよ。

参ったな、はいはい。でも、その足で支えられないときは、お腹の上に落としてはダメよ。お腹には大事なものが沢山詰まっているから、内臓破裂で死んでしまいます。

言いながら腰を屈《かが》めて火鉢に両腕を回し、片膝《ひざ》をついて、段ボール箱を持ち上げる要領で抱え上げた。火鉢はどうにか持ち上がり、もう片方の膝も床から離したとき、火鉢に浮力がついていているのが腕の感触で判る。天井の磁石に吸い寄せられているように軽くなった。

これはもう、百年昔の火鉢ではないわね。

少女の足裏に火鉢を乗せながら言うと、

そうよ、時間が雪のように降り積もって、石や鉄のように重くなったのを、これから吹き飛ばして軽くするの、などと言う。

少女の年齢は判らないけれど、その身体はせいぜい十歳程度だが、言葉は成人した女のようだ。

そこをどいててください。危ないから。

元の椅子に戻ると、少女はそれを見届けて足を動かし始める。

足の裏がまず火鉢のお尻を持ち上げ、ひょいひょいと数回足の屈伸をしたのち、じわじわと回転を加え始める。

火鉢は正常な恰好《かっこう》のまま、水平回転に移っていく。足の動きは火鉢のお尻をこねているようだ。いや、お尻にくっついた砂を足の裏で払いおとしている。

拍手を十回。赤味を帯び始めた少女の顔めがけて、音を降らせた。ぱんぱんと聞こえる音が少女の顔に降りかかると、ちょっと照れたふうに目を流して、すぐにまた足に集中する。

次は軽く持ち上げておいて、火鉢の角度を変え、横腹に両足を当てた。前後に蹴《け》るように足を動かし始めると、火鉢は横になったまま回り始め、どんどん加速すると、少女の足が火鉢の側面を走っているように見えてくる。

重さは少しも感じさせない。実際こんなスピードで回転していれば、重力も消えてしまうのかも知れない。

もう一度拍手を十回送った。もう止めた方がいい、という気持ちを込めてだ。

それを合図に、火鉢の回転はゆっくりになり、やがて両足の上で静止した。

すばらしい。でももう止めましょう。こんなこと続けていると、誰かが怪我をしてしまうわ。

誰かと言っても、そこには少女しかおらず、他には姿の消えたクマの縫いぐるみの男だけ。そして椅子に腰をかけたたった一人の見物人。

でももう、遅いの。この火鉢を下ろすことなんて出来ない。

手伝ってあげましょうか。

いいえ、ここまで来たのだから、元へ戻ることは無理なの。この火鉢、時計回りに回転してきたでしょ？　反対に回すことは出来ないの。

そういえば、水平の回転の時も樽《たる》を蹴るような動きも、客席側からは時計回りに回っていた。

だからしっかり見ていてください。

少女は深い息のあと、ふたたび足を動かし始める。最初にやったパフォーマンスの水平回転だ。足先を動かすと、火鉢もまるでろくろに乗せられているように逆時計回りを始めた。

少女の目になれば逆時計回りだが、天井のピエロからは時計回りに回転している。最初重くゆっくりだった火鉢が、すこしずつ早くなった。ミルク色に戻っていた少女の顔に血がのぼり、首のあたりがピンクに染まっていく。

怖いからもう止めようよ、こんなゲームを始めるつもりなんかなかったの。ずっと昔から火鉢は火鉢、お座敷にじっと動かず座ってきたのだから、このままそっとして置いたほうが良いの。元に戻してください。

叫んでみたが少女の必死な動きを止めることは出来ず、その小さな耳にも届いていない様子だ。

少女の足は今にも折れそうだ。顔も首もひび割れてきた。

それでも火鉢の回転速度はどんどん増していく。灰色の円盤のように色彩を失い、カタチさえ滲《にじ》ませて、それでも軸だけはしっかり保たれているらしく、宇宙に浮かぶ球体のように、静止して見える。

限界を超えたようだ。少女はああ、もう壊れる、と叫んだ。

するとそれを合図のように、火鉢からいろんなものが飛び散っていった。

姿勢を低くしないと、飛び散るものに当たってしまいそうだ。そしてそれはもの凄《すご》いスピードなので、小さな破片でも一滴のしずくでも、体を貫くほどの凶器になるだろう。

椅子から降りてひざまずき、正しい姿勢で目を上げると、火鉢から飛び散っていく様々なモノのカタチが見えてきた。

まずは色。紺色、緑、黄色、それに川を描いた水の色、孔雀の朱色も絵の具の固まりになって散っていき、それはテントの内側に次々と点描のように張り付いて行く。

色だけではない、引き剝がされた二羽の孔雀の姿も、牡丹も松も、滝の水までぶんぶん飛び散り、必死で火鉢にしがみついていたらしい旅人三人までもが、馬もろとも剝がれて飛んでいき、気がつくと向かいの壁に同じかたちでくっついてしまった。

馬上の男とお伴は編み笠を吹きとばされ、馬子はようやく馬の手綱を取り戻したものの、頰被りした手ぬぐいはどこかに行ってしまったようだ。

しばらくすると、宙を舞っていた編み笠や手ぬぐいが、持ち主のアタマに戻ってきた。

やれやれ、良かった。

遠景に描かれていた富士山と川と橋も、少し角度が斜めになってしまったが、三人の背後にようやく辿り着き収まった。

手前の三人は、お互いに顔を見合わせて、笑顔で無事を確かめあっている。

そうか、三人の笑顔にはこんな理由があったのか。時間の急速な遠心力に吹き飛ばされたけれど、それでもまだちゃんと生きている、という安堵の表情。

三百六十度、ぐるりとテント内を見回すと、そこは巨大な火鉢の中だった。

少女の足が作り出した風で、テントの真上の裂け目がさらに広がり、何ヶ所かが破れて落ちてきた。もう誰も疑うことができない、ここはあの火鉢の中だ。四つの窓には孔雀と旅人たちの絵柄が張り付き、外からの白い明るみを浴びて、絵筆で描かれたばかりのようだ。

外は雨。すっかり開いてしまった天井から小雨が降り込んでくるのも、火鉢だから止むをえない。

雨が落ちてくるのは丸い舞台。あの少女はと見ると姿はなく、あおざめた白磁《はくじ》のように色も絵柄も失った火鉢が、ぽつんと真ん中に居座っている。その傍に、屋根から落ちてきたピエロが、怖い顔で立っていた。

ピエロは威厳に満ちた祖父の顔で言った。

解ったね、もう過去を探すのをやめるんだ。いのちがどこからやって来たかなんてどうでもいい。そこに今在るものを大事にしなさい。在るものは在る。けれど今在るものは明日には壊れて消えるかも知れないんだからな。

さあ、飛び散ったものを拾い集めるんだ。あの孔雀たち、牡丹の花、滝の白糸を四つの窓へ運び、三人の旅人と馬を元の場所に連れ戻しなさい。美しいのは、過去の時間のせいではなく、今それを見ている人間が美しいと感じるからだ。

過去に向かって物語を作るのはよしなさい。過去を詮索《せんさく》探訪したくなったら、とりあえず身体を動かし、ただ働く。未来に向かって働くことで、過去は別のものになる。
あのビニールの壁に張り付いてしまった馬を引き剥がすのは一苦労だがね。
それにしてもここは、居心地の良い火鉢だな。

崖

ススキの原の遥《はる》か向こうから風が来る。ススキは波のうねりのように撓《しな》りまとまり束になり、それが幾重にも重なって押し寄せた。この波はそこから動かず、ただもう丸まっているだけなのだけれど、塊となって押し寄せて来るかに見える様は亡者のように怖ろしい。亡者はどれも浅はかで滑稽《こっけい》で、だから怖ろしいといっても心で押し返すことが出来る程度なのだが、やはり身体は震えた。

さらに困るのは、亡者たちの出没で一本道が見えたり見えなかったり。ときに立ち止まって地面を透かし見なくてはならない。地面に目をこすりつけて見通すと、一本道は薄墨を塗り残したように卵白色に発色して、なんと銀箔《ぎんぱく》まで加わり、これはもう、こちらに進むしかないのだとわかる。

月だ。月が出ました。これでなんとか方向が定まった。

さほどの距離ではないはずだが、急がねば月が逃げる。月は追いかけようがないほど逃げ足が速い。

白い径を走るほどにススキの亡者は大きく勢いづき、行くべき場所までの距離はどんどん遠くなって行く。

急ぎすぎたせいで膝《ひざ》が痛く、腰のあたりが痺《しび》れたように重い。ススキの亡者たちの影に屈《かが》み込んだ。屈めばたちまち亡者たちが覆い被さってくる。その足元にじゃぼじゃぼとおしっこを掛けてやった。最近では一番勢い良く出た。灰色の闇《やみ》に臭いが立ちこめる。それに土と植物の臭いが加わり、生きているとはこういうことかと、咽《むせ》るほどの幸福感が足元からやってきた。

じゃぼじゃぼという音を聞かれたか臭いが流れたか、背後に気配が躙《にじ》り寄ってきて、気配はたちまち足音になった。そして真後ろでぴたりと止まる。

気付かぬふりで立ち上がった。そのまま歩き始めると、足音も同じ歩調で付いてきた。

ゆるやかに止まり、やりすごした。通り過ぎたのはやはり男だ。それもかなりの老人で、脇目もふらず追い越していく。老人と判ったのは丸い背中と歩幅の狭さのせいだが、月影が照らす横顔を盗み見ると、案の定灰色の皺《しわ》だらけだった。

「あんた」

と呼びかけてみた。老人は前屈みのまま歩みを止めた。

「わたしですか」

予想に反して若い声だったので、たじろいでしまった。

「他には誰もいません、こんな夜道の、しかもススキの原ですから」

「急いでいるものですから、お先に失礼します」

「急いでいるのは、あんただけではありませんよ。あんた、どこから現れたのですか。さっき見たでしょう、わたしのあれを」

「何も見ていません。暗い夜道です」

「じゃぼじゃぼという音を聞いたでしょう」

「その程度の音なら聞きました」

「臭いも嗅《か》いだでしょう」

「いいえ、歳をとると、嗅覚《きゅうかく》も鈍感になりまして。そういえばまだ臭いますね」

「風が追いかけてきてますからね」

「いいえ、あなたのそのあたりが」

老人は身体を傾げて、まだ濡《ぬ》れている下半身をそれとなく示す。脚の付け根から足首まで濡れたままだ。慌てて腰を退いたが、そんなことでは臭いは消えない。

「……あんた、わたしのじゃぼじゃぼで、土の中から突然現れたのですね」

「何という言いがかり、気の毒な人だ。お疲れなら休んで行かれたらどうですか。わたしはお先に参ります」

老人にねぎらわれ、そのねぎらいには哀れみといくらかの軽蔑《けいべつ》の気配がある。

「わたしなら大丈夫。じゃぼじゃぼしてしまうと元気になるのです。あんたはずいぶんお歳のようだし、目的地までその命が保ちますか？　あまり急《せ》いて歩かれると急所をやられますよ」

「あなたと違い、わたしはこれから家に戻るところです」

こんな老人にも家があったのかと、裏切られたような落胆の一方で、自分には家が無い現実を突きつけられる。

「……この先にけもの崖《がけ》という、切り立った崖があります。月の在るうち、そこを通り過ぎねば大変なことになりますよ」

「ええ、その崖は知っています。あんたの家は崖の近くですか？」

「近くと言えば、近いですな。ともかくあの崖はアブナイですよ。月が隠れたら、決して近づかないことです」

「闇夜にはけものが次々に落ちるそうで、崖の下には死骸《しがい》が山のように折り重なっていると聞きました。昼間は見るも無惨な場所だそうですが、夜はただ暗いだけだそうで」

「月の在るうちなら、間違って落ちることもないでしょう」

「それがよろしい。その崖を通り過ぎることにします」

問われてみると、どこまで行かれるのかな」

問われてみると、目的地はその崖のような気がしてくる。さらにその向こうまで行かねばならない気もした。

「いろいろと約束がありましてね」

と嘯《うそぶ》いた。誰との約束なのか判然としないのだが確かに約束はあるのだ。

老人は相手する気持ちをなくし、立ち去ろうとする。

「良かったらこの夜道、一緒に行きませんか」

とおずおず声をかけてみた。老人の家を見てみたい気もして誘ったのだ。老人は振り向くと肩で笑った。

「最初からそう言えばよろしいのに」

径は海に向かっているらしい。水の上を走り抜けてきた湿った風が真正面から吹き付けてきた。寒くはないが、胸元をさわさわと撫《な》でさするときの感触は痛い。思わず老人の背後に回り込み、この人は枯れ木なので肌も痛まないのだろうと思った。

「最近はこっちも近くなりました。ちょっとごめんなさい」

と言うと、傍らのススキの足元にしゃがみ込んだ。男であっても老人になると、立っては出来ないのだろう。耳をそばだてていると、じょじょじょと細い音がする。臭わないが、哀しい気配は伝わってきた。じゃぼじゃぼの方が力強かった、ということは自分はまだこの老人ほど老いてはいないのだ。

連れだって歩くうち、遠くはかなく、丸く撓《たわ》んだ海が現れた。

「約束の人とはここで?」

と聞かれて、確かにここで誰かに会う約束があった気がしてきた。

「ではご苦労さま。道連れ、ありがとう」

老人は去りかける。肩のシルエットが意外にも若者めいていたので、急に離れがたくなる。ちょっとお待ちをと、声をかけた。このままでは済まされない。逃げるものを追いかけたい習性が、やにわに起きる。老人も声を期待していた様子で振り向いた。

「まだ約束には早いのです」

嘘《うそ》で繋《つな》ぎ止める。

「ではどうなさいますか」

「お家まで連れていって貰《もら》えませんか。本当にお家があるならですが」

「ではどうぞ、隠れ家のような、小さな家ですが、妻もいます」

「それはそれは。あなたと同年ぐらいの奥様ですか」

それなら相当の老婆だ。

「いえそれが、娘のような若い女で」

じょじょじょという音が蘇《よみがえ》ってきた。生木と水苔《みずこけ》の臭いがした。それは許せないことだと対抗心が湧く。この老人が娘のような若妻など持ってはならない。老人はじょじょじょ程度に生きるべきなのだ。

老人の腕に手を差しこみ歩く。想像に反して腕の皮膚はやわらかかった。手の平で揉《も》むようにすると指と指の間にまで皮膚が入り込み、けれど指先は腕の骨に触れることができる。

何日も陽に晒《さら》された縁側の、板目から立ち上る木の臭い、これは老人の体臭だ。けれどうっとりと懐かしい。指でむにゅと摑《つか》むとそこからまた老人の汗が滲《にじ》み出た。

海風に逆らいながら歩くので、老人の汗の臭いは後方に拡散しているに違いなく、遠くまで流れていった先では、二人のじゃぼじゃぼに細くじょじょじょが加わって、さぞ濃い空気になっていることだろう。

「若い妻は良いものですか」

意地悪く聞こえない程度に、問うてみた。

良いものかどうかには答えず、

「仕草が恐いことがあります」

と溜息《ためいき》まじりに漏らした。老人の吐く息が突然荒《すさ》んでなまめかしくなった。何を思いついてのことだろう。

「仕草が恐いとは」

「……あれはどういう表情なのでしょう……何を考えて妻はあんな口元になるのでしょう」

言いながら身体を捩《ねじ》って覗《のぞ》き込んでくるので、背筋がぞくりと反応した。

「それ、どういう口元なのですか」

「ヒっと唇《くちびる》を横に引っ張り、歯を剝《む》きだしにして、舌がちろちろと動くのです」

「それが恐いのですか」

老人はしばし考えていた。

「あれも愛情なのでしょう、それがどうもね……」

「愛情だったらすばらしいではありませんか」

鋭く言い捨ててしまう。

「……それぞれに愛情の表現は違いましょうし、年齢によっても様々でしょう」

「それはそうなのですが……」

納得できないのに、その時の妻の口元を思い出すのが実はイヤではなく、歩く励みにもしているようで、踏みしめ嚙《か》みしめ足を動かしているのが哀れでもある。

若い妻の存在は、説明不可能な効果を持っているのだと思えば、妖《あや》しく心地悪い。気がつけば思うに任せぬ塊が、胸底にごろごろと転がっていた。けれど今は歩くしかないのだ。

「お聞きしてもよろしいですか」

「どうぞどうぞ。今はこの夜道、何事も隠す必要はありません」

「お若い奥様と、どのように出会われたのか。これも所詮《しょせん》は羨望《せんぼう》でしょうが、もう若くないわたしの恨みつらみが呼び覚まされるのも、悪くはない成り行きで……夜の一本道、逃れて歩くすべもなく、お話しください」

「妻は頭も身体も精神もなかなかに強い女でして、するりと来たのですよするりと」

するりの中身を聞きたい。

「するりと？」

「水辺に前の妻と寝そべって、月を見ていました。穏やかでやわやわとした夜風が薄布のようにかぶさってきて、何とも心地良く、生きていることは幸せだなと」

「そうですね、そういういっときがあるものです。でもそこへするりと」

「まるで若い娘が甘えるように。気がつくと妻とわたしの間に入り込み、両手を妻とわたしに伸ばして、自分の胸の前で手を繋がせたりもして」

「仲良くして、という合図の仕草」

「はい、そのとおりです」

「でもそうはならなかった」

「なりませんでした」

「なぜゆえ」

老人は手の感触を思い出すためか、わたしの手を握り直した。それを数回繰り返し、溜息をついた。

「若い女の手は小さくすべすべとして、熟れる前の果実のような固さがあり、揉みほぐしてみたくもあり、手であるのに手ではないような」

「手でしょう、ただの手だったのです」

「けれどその手から体温と鼓動が伝わってきましてね。鼓動は幼い歌を伝えてもきたのです」

その歌、聞きたいような聞きたくないような。

「……月夜に梅の実が降る、梅の実を食べましょう、月夜に梅の実を産む、梅の実はころころ転がる」

「聞いたことがありますね。梅の実は転がって赤子になるのですね」

「そうそう、繁殖の喜びの歌です。落ちる梅の実はかぐわしく熟しています。口で受けて舌で転がせばもう、薄い毛が剝《は》がれて果肉が広がり、このような子を産みたい、産ませたい心地になる。その歌が耳からどんどん入ってきますとねえ、カラダがどうなりますか。怖ろしいことに梅の実を若い女の真ん中に埋め込みたくなります」

「手、ですね」

「手ですよ、若い女の手は完璧《かんぺき》だったのです」

自分の指を丸めてみた。そういう事があったのか。若い女の手は、幼く見えても用心しなくてはならなかったのだ。

並んで歩くと遠い一本道が果てて、その先は崖になっている。黒い岩が海の表面に突き出して、その下に灰色の渦《うず》らしきものが遠音を伝えてくるが、ドドンドドンという重い音は崖の下が深くえぐれていて、海面までの距離が測り知れないほど遠いのを伝えていた。

これほどの崖ならば、わずかな不注意で落ちるだろう。夜目が利くけものであっても危ない。在るはずの地面がいきなりの海、それも落下にたっぷりと時間がかかるほどの深さ。足元に広がるえぐれの中では、押し寄せる波と退き波のよりあわせで、何十という死骸は細かく砕かれてしまい、肉や骨になってもまだ波打ち際から逃げ出すことはできない。

波音が一番高く強い場所で立ち止まった老人は、握っていた手を放してあそこと言う。崖と反対側の月光の中に、丸い盛り上がりが見てとれる。

「あれが家です。行きましょうか」

崖からこんなに近いと、波音で眠れないのではと心配になった。

けれどわずかな斜面を下ると怒濤《どとう》の音は静まり、風溜《だ》まりのような暗い穴が、草いきれを閉じこめていた。その真ん中に老人の家はあるらしい。

浅茅《あさち》をくぐるようにして入り口に辿《たど》り着くと、奥に向かって声をかけた。

中から猫が鳴くような細く鋭い声がして、問題の若い妻が現れる。軽く挨拶《あいさつ》をすると、若妻も小首の動きでこたえた。

「さあどうぞ」

「それではお邪魔いたします」

入るとさらに深い生活臭が立ちこめていて思わず咽た。老人と若い妻は同時に歯を擦り合わせるような笑い声を上げた。

「崖に来る一本道で会った」

それ以上の説明はしない。問い返しもない。はい、と笑んだ続きにまた、あの歯を擦り合わせるような笑い。

ご馳走は貝と里芋で、貝の中身を食べ終えると、若妻は二枚をパチパチと合わせて鳴らし、そっと傍らに置いた。これがマナーなのだろう。

「わたし、この音に記憶がありますが、どこで耳にしたのかは思い出せなくて」

と言うと、

「それは……」

と若妻が引き取る。

「……この家でしょう、わたしがこの家に来たときは、奥の一部屋はもう、貝殻ばかりで、足の踏み場もなかったわ」

若妻が何でもないことのように言い、またパチパチと鳴らした。

そのようにされると、たしかにこの家で貝殻を鳴らした記憶が蘇る。

「ならば一緒に鳴らしてみましょうか、もっといろいろ思い出せるかも知れません」

老人の提案で、三人は食べた貝をそれぞれ手にもって鳴らしてみた。幸福な音が寂しげに響いた。寂しげなのはそれ以上の感情に至らないせいだ。

寝所に引き上げた老人と若妻を見なくてすむように、仕切に生木の板を立てた。その生木の板も、生木の臭いがする。

長旅の疲れでうとうとして、音と臭いで目覚めた。仕切の向こうで、老人が若妻を嚙んでいた。若妻の悲鳴が消えかかると今度は若妻が老人を嚙み返すらしい。

骨までは届かないが、肉にくい込み血を流し合っているのだ。ひと繫がりになった毛玉のかたまり。嚙んだり嚙み返したりが交互にではなく同時に起きて、もう解きようがなくなっている。どちらかの咥えを外せば、そこから両方の体液が流れ出して二つの命が消えるかもしれない。

臭いは二つの身体から生臭く漂い出て、鼻も耳も塞《ふさ》ぎたくなる。そう出来ないのは、この音と臭いがこちらの身体にも爪《つめ》を立てて引っ掻《か》き、同じほどの痛みをもたらすからだ。痛みは記憶に記憶は痛みに、ぐるっとひと繫がりに丸まってしまっている。

そうだった、この老人が言ったように静かで幸福な水辺のひとときに、若い女がするりと滑り込んで来たのだ。そのあとは毛玉のかたまりとなって血と体液を流しあった。あのとき痛みを引きずりながら逃げていったのは自分。月夜になるたび思い出し、やがて思い出すことも忘れて、けれど月が出てくると何事かをし忘れているのに気付いた。

なぜもっと早くこの老人を思い出すことができなかったのだろう。毛並みも吐く息も、夜目で確かめる身体の線も尾の垂れ具合も声色も、まるで別人となり果ててしまっていたせいだ。きっと自分も同じ変化を遂げているのだろう。

若妻はキインと高く、老人は嗄《しゃが》れた低い声で一声鳴いて静まった。ようやくこれで深い眠りにつける。うまくいけば醒《さ》めない眠りに入ることも出来そうだ。半透明の眠りの膜で覆われていくのは、何と気持ち良いことか。月光に鞣《なめ》された膜は薄く柔らかくしなやか、もはやこうして目も見えなくなった。

けれど白く細い指が、遠くの方で散りかかる花びらのように動くのはなぜだろう。はっと目を見開くと、女の指の爪だった。顔を覆う膜を爪が破いている。丁寧だがくすぐったいそのかすかな動き。

「目を醒ましてください」

若妻が耳元で囁《ささや》いている。天井から忍び込む月明かりのせいで、若妻の首に付いた噛み痕《あと》が黒い切れ切れの線になって見えた。さぞ痛いだろう。けれど若妻も同じように老人に噛みついていた。

「長い旅で疲れてしまって」

「それは良くわかります。けれど今、やってしまいましょう。寝入っていますから」

若妻の声はどこかで聞いたことがある。自分の声に似ている。それもずっと昔の自分なのだが。

そう気がついてみると、若妻の言葉の意味がはっきりと理解できた。そうですね、やってしまいましょう、と答えてみた。するとやってしまったような充足感まで湧いてくる。

「本当に今、大丈夫なのですか」

「他のどんな時でも、今ほどのチャンスはありません」

凛《りん》とした返事。微笑みさえ見せて余裕がある。

若妻に手を引かれて寝所へと入る。嚙み合ったしとねには血痕《けっこん》が数滴垂れているのが黒いシミになって浮き上がっていた。老人はしとねの真ん中で大の字になって目を閉じている。死んでいるのかと覗き込むと、胸のあたりがさわさわと動いて、息のたびに薄く開けた口から、干からびた唾液《だえき》の臭いが流れ出た。

「よほどの疲れですね、この不様な眠りは」

「いつもこうです、嚙み合ったあとは」

「無理してまあ、何とかしなくては」

「そうです、何とかしなくては」

「どっちから行きますか」

若妻は小首を傾げて考え、右の手でと答えた。

「……首の根本に刺します」

「ではわたしは胸に」

はあ、はあ、と二度息を合わせておいて、三度目の息で思い切り老人の胸に爪を立てた。同時に若妻も首に親指の爪を深々と立てていた。胸と首から血が噴き出し、老人は自分に何が起きたのか知ろうとして目を剝いたが、仰向いたその目では二人の女の顔しか捉えられないはず。声を上げようにも若妻の爪がのど笛に穴を開けていて、呼気より早く血の沫《あわ》が溢《あふ》れ出す。鉄の板で押さえ込まれたような圧縮音を何度か繰り返し、それでもまだ全身は痙攣《けいれん》している。

「そちら、もっと深く」

年若いのに命令口調になるのは、若輩な自分自身を鼓舞しているのだろう。

「いえいえもう、爪が背中にまで届いていますよ」

落ち着いて答えると、

「でもまだ生きています、ほら」

「これでもう大丈夫です。三割傷つけば、残りの七割は自ら死へと向かいます。そういうものです。十割やる必要はありません」

そういうものなのかと、若妻はしげしげと眺め下ろしているあいだも、老人は身悶えもがき、声を上げようとして肺を鳴らすが鳴らず、やがてゆっくりと動きが静まる。

「もう抜いても大丈夫でしょう」

言われてほっとした若妻は、首から手指を放し、真っ赤な爪と老人の首を交互に珍しげに眺めている。確かにその爪は日頃指の腹に収まっているのに、今は指の撓りと別の方向に数センチ突出し、細く尖《とが》って血を滴《したた》らせている。それが自分でも不思議でならないのだ。

若妻はぶるると肩をふるわせた。まるで赤い爪が今度は自分に向かって襲いかかって来そうな恐怖を覚えたらしい。右手の動きを制止するために、その手首を左手でしっかりと摑んでいるが、血を吸った爪ほど怖ろしいものはない。

老人の胸から引き抜いた爪も、同じように勢い付いていた。押さえつけておかなくては勝手に動き出しそうだ。

「さてと」

呼吸を整えるように呟《つぶや》くと、若妻もさてとと、吐く息で合わせた。

「早く片づけないと、この臭いは」

「そうです、血の臭いはまずいです。ここが襲われます。耳を立ててみてください、遠くから低い唸り声が聞こえてきませんか」

「もうひとつ穴を掘りますか」

「いえ、こういうときのために、あの崖があります」

「そうでした、崖があります、あれは便利です」

「みんなそうしています」

「運びますか」

「はい、わたしは首を担当しますので、あなたは胴体を、この腹のところを御願いします」

「二人なら運べますね」

はあ、はあ、と息を合わせて、三度目にガブリと歯を立て持ち上げた。老人の身体は骨太で、肉はほとんどなく歯が骨に触れた。歯だけで持ち上げるには重すぎたので、目で合図しあい引き摺《ず》ることにした。これなら何とかなる。

草と土にまみれた身体を、ずりずりと交互に曳き、悪戦苦闘しながら外に出てみると、白い月光の海が広がり、怒濤の音の方向が繭《まゆ》の粉をまぶしたように明るかった。

「あそこまで」

「もう一息です」

はあ、はあ、せーの。はあ、はあ、ずりずり。

そうやって、崖の上まで来た。

月は水平線を白い線で丸く描き、大きな曲線の手前をわずかに銀色でぼかしている。足元では闇が吠《ほ》えていた。

老人は失血死したようで、咥《くわ》える歯が食い込むときも全く反応しないのだが、不思議なことに生きていたときより重くなっていて、引き摺るとき歯の根がギシギシと痛んだ。両手足と背中が地面を引っ掻くらしく、ザザ、ザザザとその音も重くなった。地面が土でなく、岩場になってからはいくらか引き摺り易くなった。

「疲れます」

若妻が言うので、疲れますが生きているのだから仕方ありません。

「いえ、もう死んでます」

「あなたとわたしのことです」

「ああ、まだ生きてますね、何とか」

「でも、どうしてこの老人は死んだのでしょうね」

「私たちのせいですが、本当の理由などなくてもよろしいのでは」

私たち、と若妻は言った。男たちは、そんな呼び方をしないだろう。

「理由のないことも沢山ありますね。あなた、お腹に赤ちゃんが入っていませんか？」

「います、良くわかりましたね」

「噛み合った結果です。それが理由でしょう、たぶん。第一の理由ではなくても、第二か第三の」

「はい、三ぐらいです。一人では考えもつかなかったのに、あなたが現れたので、今夜こそと思いついた」

その感覚、かつて経験したような気もした。何かで後押しされると、昔からそれが必要だったような気がして、簡単に決断ができるのだ。決断してしまえば、何の後悔も残らない。誰が決断して実行したのかも、どうでも良くなる。

「十分に噛み合ったあと、思い残すこともなくなった。それが第一の理由ですよ」

「爪が伸びてきたせいかも知れません」

若妻は微笑んだ。

「そんなところでしょう。それより早く落としませんか」

若妻が促して、ふたたび咥えて引き摺った。最後は鼻先を押しつけ、胴体を転がす。老人は自らカラダを反転させるように動いて、音も立てずにごろりと闇に消えた。静かなやさしい消え方だった。

若妻は崖の下を覗き込み、もう下まで落ちたでしょうか、と呟くので、音はしませんが、もう波飛沫《しぶき》に飲まれたはずですと答える。

「やりましたね」

頷《うなず》き合う。息と声が交わり、どちらのものとも判らなくなった。若いときはああで、老いてくればこうだ、それだけのこと。

「やはり理由を考えてしまうのは、私たちがケモノだからでしょうか」

そう言ったのは若妻だか自分だか判然としない。声だけが漂い残る。

「ケモノとは思いませんが、私たち」

「そんなものでしょう」

「そういえばケモノですね」

ともう一度声がした。

「だって、落ちていったのは、毛皮の袋みたいなモノですから、私たちだって毛皮にくるまれた袋なのです」

「袋、ですか、ただの袋なのですね」

若妻は繭玉のような明るい目で笑う。愛らしい笑顔に月光が射した。

そこまでは声を響かせ合うことが出来たもののどこにも行き着かず、ケモノかどうかの結論も出ず、従って若妻の手が伸びて来て腕をとってくれたときも、そのまま突き落とされるのか抱き寄せられるのか一瞬わからなくて、ただふんわりと微笑み返すしかなく、けれどそのとき、落ちても良い、落ちなくても良いと、しんと深く思えたのだけは、まぎれもない真実で。

夢の罠

二月のアラスカは、針葉樹林を覆い尽くす雪と氷の青白い大地だった。

短い昼間、陽の光は大地をキラキラと輝かせたが、夜になると太陽の代わりに三日月の光りが鋭く落ちてきて突き刺さり、あらゆる物に濃い影を作っていた。

鎌のような細い月なのに、どうして濃い影を作る力があるのか不思議だ。

見上げれば頭上に広がる北斗七星。その延長上にピンで止めたような北極星、さらにその先にはカシオペアが、揺らぐこともなくただ天球に張り付いていた。

オーロラは深夜に現れる。

ガソリンスタンドの表示がぽつんとオレンジ色を滲《にじ》ませているだけの、雪に埋もれた町の宿を拠点にしてのオーロラ見物は、毎日夜十時から始まった。車で黒い森を縫うように上る細い林道を一時間も走り、ようやく天空が開けた場所にやってくる。そこからキャタピラー付きの雪上車でさらに一つ山を越え、北側に空を見渡すことの出来る別の山の頂きに辿《たど》り着いた。キャタピラーが雪の斜面を掻《か》きながら上がっていくときの走行音は、戦車と同じだと誰かが言った。戦車には乗ったことがない。

他にも観測に適した場所はあるようだが、いずれも町から五、六十キロは離れた高い場所だ。案内人の説明によると、高い山に登れば、低地の町より温かいという。科学で習ったでしょう。冷たい空気は低い場所に溜《た》まり、温かい空気は高いところへ上昇する。温かいと言ってもマイナス二十度程度ですけどね。

月光が雪に覆われた針葉樹林を灰色に照らしている中を、車や雪上車のライトを頼りに樹林の深さを探りながら走っているとき、高揚と期待と、今夜もまたオーロラは現れないかも知れない、という失望への心構えも出来た。高揚と失望が裏表一緒に、わたしの胸のあたりに張り付いて来るのにも慣れた。もう何日も同じ感情と向き合っている。

三日月は、夜ごと目に見えて細くなっている。この数日の間に、すっかり痩《や》せてしまった。今夜はさらに鋭く細い。

北極星は変わりなく、ほぼ真上に在った。

山頂の一角に小さなテントがある。遭難救助用だと思い、これまでは近づかなかった。

ガスランタンか灯油ランプだろう、灯りがぽつんとあるのがテントの外からでも判る。

オーロラの写真を撮影するには、懐中電灯の光りを赤いセロファンで覆わなくてはならない。シャッターを開放するので、懐中電灯の一瞬の光りがすべてをダメにするのだ。カメラの三脚を設置する作業を、この頼りない灯りだけを頼りにやってのけるのは大変なのだ。だからカメラは持って来なかった。

大気は良く澄み、星ぼしはその大きさも色も瞬き具合も違うままに、けれどくっきりと冴《さ》えている。とりわけ三日月は良く磨がれた刃物のようだ。

カメラを据《す》えたあたりで人の影が動く。話し声もする。雪を踏む音が赤い灯りと一緒に動き、今夜は出そうだ、などと言い合っている。マイナス二十四度、という声も聞こえた。

テントの中から小さな曲がった身体が出てきて、中に入るように言われた。その声は日本人のようだ。

「オーロラはまだ出ないよ。出たときに凍え死んでいてはダメだから、こっちに入って待ちなさい」

ブリザードが来れば雪上車に避難することになっている。雪上車を見失わないようにと言われていた。たった十メートル先に在っても、見失うことがあるらしいが、今夜はその心配は無さそうだ。

全身を潜水服のような特別の防寒具で覆っているが、耳はすでに痛みを通り越して感覚を無くしていた。スノーモービル用のぶ厚いウレタンのマスクからはみ出した息が、ゴーグルを曇らせる。

身を屈《かが》めてテントに入ると、ゴーグルの氷が溶けて、卵色の薄灯りの中に男の顔があった。深い皺《しわ》は老人を思わせたが、表情は干からびた少年のようだ。

どうぞ、と低い折り畳みの椅子《いす》が差し出された。着ぶくれした二人の人間だけでテントは一杯になった。

「オーロラが出たらケモノらが騒いで知らせてくれる。それまではここに居なさい。外に居ると肺に悪い」

魔法瓶から紙コップにお茶が注がれた。こわごわ、けれど有り難く口に運んだ。

このお茶は一杯幾らだろう。十ドルでも二十ドルでも支払うつもりだ。それだけの価値がある。

「毎日、ここにテントを張っているのですか？」

「そうだね、雪上車のリストに日本人の名前があるときは、この山頂に罠《わな》を張って待つ」

そういうことですね。テントという魅力的な罠につかまってしまったわけですね。オーロラをエサにテントの罠が待ち受けていれば、この寒空の下、誰もが潜り込みたくなります。

「……昔はインディアンと一緒にいろんな罠を仕掛けたもんだよ。狼《おおかみ》、リンクス、クマ、ビーバー、みんな友達だったが、罠でしとめた。このあたりはアサバスカ族の土地でな、エスキモーは海辺に逃げ出し、アリュート族は列島に去った。インディアンは他にもいるが、狩りが上手いのは何といってもアサバスカ族だ。だから獲物の多いこの内陸部で生き残った。アサバスカ族は獲物を均等に分ける。仲間同士の殺し合いはしない。狼と同じぐらい仲間で助け合うのは人間ではアサバスカ族だけだ」

その仲間意識は、狼と同じぐらいなのか。紙コップの湯気が垂れた前髪を凍らせた。

外の雪明かりが、水面の照り返しのように青い。携帯用のガス灯の炎が細くなっていた。暖房の役には立っていないはずなのに急に冷え込む。やがて細い炎が糸のようになって消えた。

男の上半身も小さくなる。テントの外を、懐中電灯の赤い光りが、ひそひそ声と一緒に通り過ぎた。雪がキュキュと鳴るのを聞きながら、黒い塊になった男が何か言い出すのを待った。

「何の話をしていたかな」

「狼の仲間意識」

「そうだった。狼は仲間意識が強いだけでなく、信じられないほど警戒心が強くてな」

「きっと頭が良いのね」

「想像力は人間以上かも知れん。狼の遠吠《とおぼ》えは、想像した物語を大地の果てまで話して聞かせているんだ」

「遠吠え物語ですか」

「肉を罠の傍に置いていても、その手前にスノーモービルの轍《わだち》が残っていたら、まるで結界のように轍を越えて来ることはない。飢えておってもそこでぴたりと止まる」

「想像力ではなく、それは嗅覚《きゅうかく》つまり本能なのではありませんか」

「そう考えるのが人間の想像力の限界だ。嗅覚というのは想像力が無くてはダメでね。轍に残る鉄の臭いに、なぜ狼は警戒するのか。鉄が自分たちを苦しめることを瞬間に想像している」

「経験でしょう」

「経験から学んだ想像力」

哲学者になった男は、ますます小さくなり、話は大きくなった。

「だから狼を罠で捕まえるには、狼と同じ程度の想像力が必要になる。私が三年も苦労してアラスカ狼を罠で捕まえたとき、ようやくアサバスカ族に認められてウルフトラッパーと呼ばれるようになった。これは鉄砲で仕留めるのとはわけが違う」

どう違うのか。まず話を聞こう。

「……鉄砲には知恵など要らんが、罠はケモノの知恵を知って、その知恵を越えんとならん。まずケモノになりきらんとトラッパーにはなれん。アサバスカ族も森に入るとき用心のために鉄砲を持っては行くが、鉄砲撃ちよりトラッパーを尊敬している。鉄砲は身体を使うが罠は頭の勝負だからな。想像力で勝つ。鉄砲で死んだケモノは、何が起きたか解らん虚ろな目をしているが、罠にかかったケモノは、参りました、と負けを認めた覚悟の目をしている」

なるほど、と薄闇《うすやみ》の中で頷《うなず》くと、男は罠にかかったケモノをまさぐり撫《な》でるような密やかな喜びの気配を漂わせた。それは少し温かく、けれどテントに入り込んでくる寒気以上に鋭かった。

紙コップのお茶は手の中で冷えているが、両手で包んでいれば凍ることは無いだろう。

「でもウルフトラッパーさんは、どうやって狼の想像力を越えたのですか」

「簡単なことだ。私も狼になってみた。すると鉄の色や臭いが嫌いになった。そこで鉄を染めてみた」

「鉄を染める」

「どんな植物を使っても狼を捕らえる丈夫な罠は出来ん。必ず食い千切られて逃げられる。やはり鉄を使わねばならんのだが、罠がどんなに小さくても鉄の臭いは残る。私はハンの木の皮の汁で狼の皮を煮つめてみた。その煮汁で狼の足に食らいついて放さない罠を染めた。鉄の臭いが消えるまで煮詰めるのは大変だった。ハンの木は布の染料になるが、まさか鉄を染めるなどという発想はアサバスカ族にもなかった。私はアサバスカ族のノーベル賞級トラッパーになった」

「……狼を捕らえるとお金になるのですか？」

「リンクスほどでは無いけどな。リンクスは五百ドルで売れる。アサバスカ族では家が建つ」

こんなテントの小屋なら五百ドルでお釣りがくるだろう。

「もっとアラスカの話を聞かせてください」

オーロラはまだ出ていない様子だ。

「人が死ぬ話はイヤかな」

「イヤではありません。こんな土地では人もケモノみたいに死ぬのでしょう」

「ある有名な日本の冒険家がマッキンレーに登って遭難した」

その冒険家の名前は、日本人の多くが記憶している。エベレストに登り、犬ぞりで北極を単独で渡り、数々の冒険の記録を記し、そして三十年昔、マッキンレーで遭難死した。

「その男は登頂して下山するとき、秒速百十メートルのブリザードに飛ばされた。私は枯葉のように山の斜面を落ちていく男を遠くから見ていた。あれは例の冒険家に違いないと森林パトロールに通報したがダメだった。数日後ヘリで近づいたパトロールが、生きている彼を見たと報告したが、それは間違いだ。百十メートルのブリザードはいったん倒れた男を数秒で隠す。永遠に雪と氷の塊にしてしまう。ある確かなスジから、近々氷が溶けて姿を現すはずだと聞いた」

「植村直己《うえむらなおみ》さんが、戻ってくるのですか」

思わずその名前が口をついて出た。男はその名前を口にしたくなかったようで、ただ頷いてみせた。

「本当に戻ってくるのですか？　だって、クレバスに落ちれば、何万年も閉じこめられるはずです。確かなスジって、誰ですか」

ここは聞き逃すことが出来ない点だ。

「……戻ってきても、干からびているだろう」

そんなことはどうでもいい。植村直己は実在した人間なのだ。トラッパーの夢物語では済まされない。

「冒険家は戻ってきて冒険が完結する。星野道夫《ほしのみちお》は私と夜通し酒を飲んで、そう話していた。もし死ぬことがあれば、ちゃんと死体を残すべきだ、とも言っていた」

「星野道夫さんもアラスカで死んだのですか」

「いや、ここではない。カムチャッカだ。私が傍に居れば、クマなんぞに喰わすことはしなかった」

その写真家の死もまた、衝撃的なニュースだった。クマを撮影していてクマに襲われた。「捜索隊がクマを追いかけて行って喰われて残った首だけを見つけた。撃ち殺して腹から腕を取りだして、日本に持ち帰った。ともかく日本に戻れた。頭だけでも残って良かった。しかしマッキンレーからあの冒険家は戻っていない」

そうすらすらと話されては現実味がなくなる。けれど星野さんの悲劇はきっと事実なのだろう。

「あなたは二人の冒険家とお知り合いなのですね。お名前を教えてください」

わたしは暗闇の中で強い口調で言った。植村直己さんも星野道夫さんも、決して遠い存在ではない。著作を通して亡くなったあとも身近に感じてきた。

「私の名前はウルフトラッパーだ」

トラッパーとは罠を仕掛ける、罠師の意味だ。男はまるで、自分の本名を越えた称号のように言った。

「……そうですかトラッパーさん。ここでは鉄砲をぶっ放す猟師より、トラッパーの方が尊敬されている……」

「鉄砲撃ちはな、ケモノの肉を平気で火で焼く。ケモノは焼かれた肉の臭いを嫌う。トラッパーはそのような野蛮なことはせず、なるべく臭いを立てずに肉を茹でる。アサバスカ族もエスキモーもそれを知っているが白人たちは平気で鉄砲と火で威圧する。火薬が爆発する音と肉の焦げる臭いで、ケモノを追い散らすんだ。アラスカの人間もケモノも、鉄と火が嫌いということを知らんのだ」

なるほど、と頷きながらも、どうしても引っかかっていることがある。植村直己の死体が、もうすぐ発見されるとは、どんな根拠なのだろう。

「トラッパーさんは、ある確かなスジから植村さんの身体が発見されると言われました。あのマッキンレーに関する確かなスジって、誰ですか？ 米軍ですか？」

もしやすでに死体の発見があったのだろうか。

「米軍？ そんなもんはアテにはならんよ。星野道夫も、国立公園内という理由でロシア兵は発砲せず写真家を見殺しにした。湖の対岸にいたロシア兵が早く威嚇《いかく》射撃していれば、星野は怪我だけで済んだんだ……軍隊なんぞこんなところでは何の役にも立たん」

「……では、そのスジとは」

「このアラスカで、一番怖ろしい生きものだ」

「人間でしょう?」

「いや人間より怖ろしい。怖ろしいだけでなくこの世のものとも思えない美しさだ」

薄い雪明かりの中を、男の吐く息が白く漂う。イヤな予感がする。罠につかまったような苦しさと恐怖と、逃れることの出来ない魅力が、トラッパーのシルエットから流れ出してきてわたしを取り巻いた。

「……この世のものでは無いのですね」

「いや、実在しているさ。私とは話が合うし、真実を教えてくれる。シャンデリア・ベアーと呼んでいる巨大なシロクマだ」

なんだクマか。醒《さ》め掛かった夢の中に引き戻されたのはシャンデリアという、アラスカにはおよそ見当違いの言葉のせいだった。

「そのシロクマが、植村直己について教えてくれたのですね」

「そうだ」

「シャンデリアなんですね」

「信じる信じないはあんたの勝手だが、出会った人間はまず殺される。スノーモービルでも逃げ切れない速さで追いかけて来る。冬眠出来ないシロクマほど怖ろしいものはない」

「クマは冬眠するものでしょう」

「冬眠できないクマがいるんだ。秋に腹一杯喰うことができず、雪と氷の中を彷徨《さまよ》ううちにやがて脳味噌がやられる。夢も現実《うつつ》も判らず、ただ獰猛《どうもう》になる。雪原に放たれた死刑囚のようなもんだな」

シャンデリア、の言葉が揺れる。

「……全身が濡《ぬ》れて、それが長い体毛に凍り付く。身体は鎧《よろい》を着ているように重くなる。濡れるたび体中の毛に氷が重なって行くとどうなる？　シャンデリアだ。私が会ったとき、まずその音に驚いた。シャンデリアを揺らしているような、良く澄んで美しい音色が雪の森の中を近づいてきた。一瞬馬橇《ばそり》かと思ったが、そうではないと判って凍り付いた。見つかれば殺される狂気の王者だ。急いで大木の後ろに身を隠した。シャンデリアは身体の倍もの氷の鎧を身にまとって、ゆっくりと通り過ぎた。もはや耳も聞こえなくなっていたのだろう」

「猟銃を持っていれば恐くはないでしょう」

「いや、鉄砲の弾なんか全身の氷ではね返される。一箇所以外には致命傷を与えられない。致命傷を与えられなければ殺される」

「それはどこですか」

「脇の下だよ。氷が付いていない場所は脇の下だけ」

クマはバンザイの恰好《かっこう》で両手を上げることなどしないだろう。立ち上がって襲いかかる瞬間以外には。

「……私はほっとして大木の根元に蹲《うずくま》った。見つからずに生きのびた。けれどその時だ、何かキラキラ光る巨大なものが背後に忍び寄っていた。私は大木の幹にしがみつき、樹皮のように固まった。呼吸を止めたとき、恐怖は感じず安らかだった。死んでしまえばそれ以上は殺されない。生きているから殺される。シャラシャラという音が近づいてきてぴたりと止まると、私の首の後ろで言ったんだよ人間の声で……あの日はあんたも見ていたと思うが、百十メートルのブリザードが、予想しない方向から何度となく吹き付けてきた。足を取られて数十メートルもの斜面を転がったあの男は、息も出来ないまま氷の棒になった。けれどあれからもう三十年だ。三十五年も待たずにあの男は姿を現すだろうよ……もう少しの辛抱だ」

これがそのスジの言葉か。

力が抜け、半ば納得して頷いた。捜索隊より米軍より確かな証言に思われた。やれやれ。テントの外で声がした。出た出た、と騒ぐ声が行き交う。シャンデリア・ベアーが出たのではない。オーロラだ。

飛びだして行こうとするわたしに、トラッパーは段ボールの箱から奇妙なものを取りだした。消えたはずのガス灯が光りを取り戻し、男が差し出したものがはっきりと見えた。円い輪の中に網が張られて水晶や透明な色石が編み込まれている。輪の周りには鳥の羽根が紐《ひも》で括《くく》り付けてあった。

「何ですか、これ」

「ドリーム・キャッチャーと言ってね。こいつはインディアンのお守りだ。良い夢を通過させ悪い夢はこの網に引っかかって退散する。何がなんでも欲しい夢をこの網で摑《つか》まえることも出来るが、いつのまにか自分が摑まってしまい身動きできなくなることもあるから注意するんだな。このドリーム・キャッチャーは夜なべ仕事で私が作ったものだ。効き目は保証する」

「お幾らですか」

「二千円にまけておこう」

わたしはぶ厚い手袋から手を抜き、ポケットから千円札を取りだすと、暗い中に差し出されたトラッパーの手に乗せた。

白夜の季節、アラスカの原野は何と色彩に溢《あふ》れているのだろう。写真で見たアラスカの夏は、山頂に雪を戴《いただ》いた山の麓《ふもと》に川と緑の草地が広がり、黒い色を残すタイガの樹林が山と草原を分けていたけれど、今は足元に、オレンジ色のポピーや乳白色のウサギギク、小さな薄紫の頭を垂れたブルーベリーなども咲き乱れている。

丈低い花々の間を北極ジリスが跳ねるように動き、野生の大麦の穂を薙《な》ぎ倒して走ったかと思うと、足首の高さに枝を広げ大地を覆い尽くすハイマツの中に潜りこんだ。白樺《しらかば》やカラマツ、トウヒなどの二十メートルを超す針葉樹は地面深くに根を張り森林を形成することが出来るけれど、永久凍土の上のわずかな土壌にしか繁茂できない針葉樹もあることを知った。

わたしは白樺の根元を覆う草を踏みしめながら山を登っていく。白樺には目印の赤い紐が結びつけられているので、その赤を辿れば迷うことはない。白樺から白樺へ、下草も踏みならされている。

トラッパーがホテルに残したメモには、箇条書きで二つのことが書いてあった。

一、白樺の目印だけを信じて登ること。

二、振り向かないこと。振り向けば登ってきた目印が方向感覚を狂わせてしまう。

指示どおりに、振り向かずに足を動かしている。白樺の樹皮が手の平に滑らかな感覚と時折ささくれた痛みを与える。トラッパー自身も自分のテントに戻るとき、いつも赤い紐を頼りにしているのだろうか。すでに気温は三十度を超えていた。このあたりは、夏と冬の気温差が六十度にもなる。この時期、一日のうちで太陽が姿を消すのはたった二時間だけだ。その二時間も、空は明るい。冬は雪原を覆う暗い闇、夏は太陽の光が幻惑する白い闇。真夏でもオーロラは出ているのだとトラッパーは言っていた。人間の目で捉えることが出来ないいだけなのだと。

トラッパーのテントは周囲をトウヒとカラマツの針葉樹林に囲まれた丸い草地に在った。宇宙人が作ったミステリーサークルのように草が薙ぎ倒され、熱の溜まり場となっている。

近づいて行くと、トウヒの枝に渡したハンモックから声がした。

「来ましたか、遠路はるばるご苦労さん」

ハンモックから下りてきたトラッパーは、冬山の雪明かりで見た男より野性味があった。ゴマ塩頭の毛を後ろで束ね、顎髭《あごひげ》を伸ばした赤銅色の顔は、精悍《せいかん》さと老いた痛ましさを混在させている。それでいて昔からの知り合いのような懐かしさが漂う。黄色いTシャツは洗いざらされて絵柄は消えかかっているし、膝《ひざ》が摩り切れたジーンズ、その姿に不似合いな真新しい紺色のスニーカー。

テントの外にはガスコンロとマグカップが置かれ、広げたビニールの上には作りかけのドリーム・キャッチャーやハサミもある。鉄の輪とその周りに巻き付ける細く切った皮。段ボール箱には水晶のような大きめの石と小さい色石、そして野鳥の長い羽根。これがドリーム・キャッチャーの正体だ。

トラッパーは少し恥ずかしそうに笑顔をつくり、その笑顔は日焼けした膠《にかわ》のような頬《ほお》に深い皺を刻んだ。

「これ、一つ作るのにどれぐらい時間がかかるのかしら」

わたしは二千円で買ったが、このテント暮らしなら二千円で何日か暮らせるだろう。

「大きいものだと、二日はかかるな。イヌワシやハイタカの羽根を集めなくてはならん」

「イヌワシやハイタカも罠で捕るのですか」

「いや、人間などには捕まらんよ。羽根が空から落ちてくるのを待つ。私が空を見上げて恵んでくださいと祈っていると、どこからかふわりと落ちてくる」

「何が何でも欲しい夢を摑まえることが出来るとあの夜仰ったけれど、ちっとも摑まらないのです」

それを聞くとトラッパーは、悲しそうな目でわたしを見た。

「摑まえることが出来ないか……使い方は難しくないはずだが……あんたは目が良くないんだな」

「若いころは視力を自慢していました」

「あのマッキンレーのナイフのような頂きが見えるかな？」

トウヒの大木の間に、青い山が見えた。頂きだけが白い。

「何とか見えます。遠視なんです」

「稜線《りょうせん》に沿って黒いものが動いている」

「双眼鏡さえあれば」

しかし余程の倍率でなければ、動くものなど見えはしない距離だ。

「あれはヤギだ。あ、いま足を滑らして落ちた」

「視力と夢は関係があるのですか」

「もちろんある、視力が無くては夢はぼんやりしてしまう。うんと手前にある身近なものは見えるが、そんなものは夢とは呼ばんのだ」

「でも夢は現実より生々しかったり、いつまでも消えてくれなかったりしますよ」

「それは、脳味噌《みそ》がちょっとショートしただけだ。インディアンは強い視力で夢を見る。嗅覚や聴覚もケモノなみだが、視力はケモノを越えている。白夜の季節は一日中空が明るいからオーロラは出ていても見えないと思っているだろうが、アサバスカ族にはちゃんと見えているんだ」

「夢の中でなら……」

「視力さえあればだがね」

そういえば目覚めて思い出す夢は、大抵身近な出来事で、手触りや色はすぐに蘇《よみがえ》るけれど、遠い景色は消えてしまっている。目覚めたあとの現実にまで、そのまま運んで来ることが出来る夢は、限られている。

「アサバスカ族の子供たちは、夢を見るために五感の訓練をする。夢は生きて行く上での必需品なのでな。良い夢だけを見ようなどと思ってはダメだ。悪夢を恐れず、もし悪夢を摑まえたらその場で喰ってしまう、これがアサバスカ族の子供だ」

真昼にオーロラを見る事の出来る文明人はいない。

「……今から森に入り、夢を見るための五感訓練をしますか？」

トラッパーはわたしの返事を聞かずに、ナイフをポケットに入れると歩き出した。

針葉樹林の暗い足元に、光りの粉を撒《ま》くように動く木漏れ日を踏んで歩いた。どんどん歩いた。ひどく心地良い。ここまで登ってきた疲れは消えて、足が踊るように前へ出る。ときどきツーステップを踏んだ。トラッパーは立ち止まり、滑るからよしなさいと真顔で忠告した。それでもしばらくすると、足がリズムを刻んでしまうのだ。トラッパーは諦《あきら》めたのか何も言わなくなった。

目の前を水が走っていた。咽《のど》が渇いていることに気がつき、しゃがみ込んで手で掬《すく》うと頭の上から声が降ってきた。

「気持ちを集中してみるんだ。口に含むとき、匂いや味をじっくり確かめる。どこから来た水かを考える。咽の渇きに振り回されてはいけない。それは人間の都合だ。相手は時間をかけて流れてきた水なんだからね」

「はい」

一口すすり、口の中全体に広がる冷たさを味わい、その冷たさを舌に馴染ませたあと、少しずつ呑《の》み込む。呑み込んだあとに残る匂いを確かめた。

「何か感じたかね」

「美味しい。きっと氷河の水です」

「いや、このあたりに氷河はない」

「だとしたらあの遠い山です」

「違うな。ビーバーの匂いがしないかね。ビーバーダムから流れ出している水だ。この水流を上流に辿っていけば、ビーバーの巨大な巣が見つかる。罠を掛けるのは巣の出入り口ではすぐに気付かれる。少し離れた通り道に仕掛ける。どうだ、ビーバーの匂いがしてきただろう」

もう一口呑み込んでみると、確かにビーバーの匂いがした。白樺の皮を剝《は》いだ瞬間の生臭さが、お腹の奥から伝い上がってくる。ビーバーはこんな美味しい水の中で暮らしているのか。

林から出ると輝くばかりの草原が現れた。ポピーやブルーベルの群生と丈の低い草が深々と広がっていた。

前を行くトラッパーの姿が突然消えた。一歩走り寄ったわたしの足も泥沼の草地に吸い込まれ、たちまち腰まで深く刺さった。

「おい、大丈夫か」

その声は、すぐ近くだった。

「大丈夫ですが、足がとてもヘンです。足首だけが何か冷たいものに捕まっています」

「それは凍土だ。良く覚えておくと良い。頑固な地球の顔だ。太陽の言うことを聞くふりをしているのは地表だけだ。これ以上沈むことはないが、この沼地から這《は》い出すのも大変でね……ちょっと待っていなさい」

ぶつくさ呟《つぶや》きながら、トラッパーは上半身を動かしている。茅《かや》のような草の間から上半身が裸になった男が見える。そこから不意に黄色いものが飛んできた。着ていたTシャツだ。

「端を摑んで」

「はい」

「放すんじゃないぞ」

「はい」

「少しずつでいいから、手繰《たぐ》るんだ。こっちもそうする」

身動きできなかった下半身が、一センチずつ沼から抜けて行くのが判る。泥だらけのTシャツを挟んで頭がくっつきそうになったとき、足も自由になっていた。

「一人で抜けだそうともがいてもダメだ。知恵は分け合わんとな」

足首から下にはまだ、冷水に浸かった痛みが残っていた。早くこの湿原を越えたかった。明るい草原は恐い。ポピーやブルーベルは、水に浮いているようなものだ。浮いていられる植物だけが花を咲かせている。

ふたたびトウヒとカラマツが混じる樹林に入り込み、ほっと一息ついた。根を張った樹木は頼りになる。倒木に苔《こけ》が生え、腐った窪《くぼ》みから新しい若木が伸びている。

ここで一休みだ、と並んで倒木に腰を掛けた。若木は死んだ親の大木を肥料にして、高く伸びていくのだろう。冬になると凍り付いた雪原に戻るだけの湿地帯より、大木の樹林には世代の受け継ぎがある。

ご苦労さま、と言葉を掛けながらお尻の下の倒木を撫でていると、トラッパーはナイフで倒木に切りつけた。力を込めて数回動かし、倒木にくさび状の切れ目を作り覗《のぞ》き込んでいる。

「……こいつはまだ死んではおらん。ほら、奥にはまだ、新鮮な鰹節《かつおぶし》のような赤味があるだろう」

確かにそうだが、生きているとも言えない色だ。

「……これから闘いになる。脇腹から生えたこの若木と死んだふりの親木と、どっちが生き残るかだ」

倒木の根元を見ると、風で倒れたのか自分の重さを支え切れなかったのか、斜面に根を半分はね上げて倒れているが、根の一部はまだ土と繋《つな》がっていた。

「自然を見て美しい物語を作るのは間違いで、ただ闘っているだけだ」

あらためてそう言われることには抵抗がある。美しい物語を作らなければ人間ではない。けれど自分の腹部に一本の若木が寄生してしまったような痛みも覚える。引き抜きたいようでありこのまま育てたい気もする。

「さあ、もっとスゴイものを見せてあげよう」

どんどん歩いて、針葉樹林を抜けた。気付くと丸い広場に出ていた。

そこはかつて来たことがある懐かしさと、未知の出来事が待ちかまえている恐さが漂っていて、なぜかもう、ここから逃げ出すのは困難だという諦めもある。落ち着くしかない。落ち着く分別もあった。何かを目指して歩いてきたはずなのに、今はこの場所が目的地だったのだと納得がいくのも不思議だ。

トラッパーの声も太く滲んでいる。

「さあて、覚悟は出来ているな」

「はい」

はい、の中身も前とは違って、何でも引き受けますという、強い受け身のはいである。

「では、そこに横になりなさい」

「はい」

円形の草地のほぼ真ん中に仰臥《ぎょうが》した。足を伸ばし、両手は少し開いた恰好が一番ラクなのでそうした。トラッパーもわたしの横に同じように寝転がる。

「これで林になった」

「林ですか？」

ああそうか。空から見ると変形した木の字が二つ並んでいる。でも、こういうことって、馬鹿馬鹿しくないですか？　もう一人加われば森になる、なんて言われると、きっともっと馬鹿馬鹿しい。強い覚悟が弛《ゆる》んだ。

それでもこうして寝そべっていると、自分が林の一部になっているし、ここから逃げ出せば林が壊れてしまう気がする。いまやわたしも林の一部なのだ。

「そうですね、わたしたち林です」

すぐ横に寝そべって屁理屈《へりくつ》を言う男は、ペテン師だろうか。神様の可能性もある。神様かも知れないと思わせるのは、この男ではなく仰向いて見上げる視界を、丸く取り囲む緑の樹木なのだが。

緑色の円形が、少しずつ小さくすぼまり、空が小さくなっていく。周囲の樹木が勢い良く伸びていた。それともわたしとトラッパーが地中に沈んでいるのだろうか。

緑色の壺《つぼ》の底から空を見上げている心地だ。

「ここはどうも、良からぬ場所ですね」

と言ってみたけれど、トラッパーはふふと笑うだけだ。いまにもっと面白いことが起きるよ、という声にならない声がやってきた。そうでしょう、この場所からはもう出られない、とわたしも声にならない声を返した。この緑色の壺は罠なのだ。罠に捕まってしまったのだ。出口はあの、ぽっかりと開いた丸い空だけ。数十メートルの樹木を登れば、出口まで辿り着けるのだろうか。

「ねえトラッパーさん、これは見事な緑の罠です。ここであなたと二人きり、ちょっと寂しいですね」

「寂しいかな？　それはまだまだ夢の修行が足りんってことだ。罠ってものがどんなに美しいか、教えてあげよう。これまで狼やクマやリンクスが、罠にかかったときに見た空を一緒に見上げてみれば一目瞭然《いちもくりょうぜん》。彼らがすべてを受け入れたときの、キレイな目の秘密が解る。人間もあんなキレイな目で死んで行けたら良いのにな」

するとと丸い空の真ん中を突っ切るように飛行機が飛んで来た。そこに飛行機雲が一直線に残った。それが消えないうちに、また別の角度から飛んできて、前の雲の線と交差する線を、一本の紐のように加える。

それが何度も繰り返され、丸い空に縦横無尽の線が引かれて網のようになった。ネットを被せられてしまったのだ。これでもう、出口も閉ざされた。

「……どうですか、諦めがついたかな？」

「いえ、まだ諦めには遠い心地です。到底狼やリンクスやビーバーの心境にはなれません。わたしは欲望や未練たっぷりの人間なのです。人間は罠に捕らえられても、何とかして逃げだそうとする、だから人間なんです。諦めるってことがそんなに尊いことかしら」

わたしは飛行機雲のネットに取り込まれながらも抵抗した。あの飛行機雲を越えて、空のかなたに逃げ出したい。逃げ出してどこに辿り着きたいのか判らないけれど。

「あんたは、こんな遠くまでやってきて、罠に捕らえられているのが気に入らない。けれど狼やリンクスやビーバーのように、最期にキレイな目で死んでいった男たちもいるんだ。ごくわずかだが、人間にも居る。会ってみますか」

「会ってみたいです」

するとすると円形の空に張り巡らされたネットから、白い幕がゆらゆらと垂れてきて、音もなく揺らめき始めた。ああこれが、白夜の季節でも現れるという夏のオーロラか。

その半透明なゼリーのような幕を伝い下りてくる男がいる。写真でしか見たことがない星野道夫だ。それに続いて、次々に男たちが下りて来た。白人が多いが日本人もいる。どれも穏やかで幸せな表情だ。彼らはトラッパーに軽く挨拶《あいさつ》すると森に入っていく。お互いに顔見知りらしい。

わたしはもう、研ぎ澄まされた直感人間になっている。傍に寝そべる人に言う。

「……そうだったのですか、こんな風に三十年もマッキンレーの麓で生きて来たのですね植村直己さん」

隣りでふふ、と笑う気配。

「……私はまだここに捕まったままです。なかなか逃げ出せないだけでね」

「そろそろ出てくると聞きました。三十五年も経てば夢から覚めても良いのではありませんか」

「私はトラッパーですからね」

「そのとおり、あなたはトラッパーです。冒険という罠に捕まり、冒険の罠を作り続けてもおられる。植村直己の夢の罠に捕まって、大勢の男たちが冒険に出る。罪つくりなトラッパーですね」

「私はただ、昔も今も現地の人間やケモノに溶け込んでいるだけだ。仲間も大勢いますしね」

その時だ。シャラシャラと音を立てて白いものが降りてきた。シャンデリア・ベアーだ。全身に氷の毛を張り付かせ、オーロラの幕に揺られながらキラキラと光りの塊になって近づいてくる。

「あのシロクマも、冒険家なのですか」

「いや、冒険家の夢を喰って生きている怖ろしいケモノだ」

「だったら逃げないと」

「もう遅い。あのシロクマがシャンデリアに見えるのは、文明生活の栄華を知っている先進国の人間だけでね。地元のインディアンはシャンデリアなんて見たこともない。ニセ冒険家は、喰われてようやく本物の冒険家になる。シロクマは腹の中にむかって囁《ささや》くんだ。おまえの記憶にあるシャンデリアは、マイセンだかロブマイヤーだか知らんが、この胃袋の中でトロトロに溶かしてやるよ……」

「わたしは文明人です。逃げますよ」

「まあ落ち着いて。ここまで来た以上、一度喰われてみませんか」

「いやです、いやですよクマに喰われるなんて絶対にイヤ」

シャラシャラと軽く鳴る音が、もう耳のそばまで来ている。

散歩

最近、近くの山に登ります。といってもうちのベランダからも山頂が手に取るように見える程度ですから、大した山ではありません。登り切ったところにはちょっとした公園もあるのです。

上り坂に尋常でない暗いところがある。しかもひんやりと湿っている。枝葉の切れ目から眩しいほどの陽光が射しこむ場所もあるというのにです。

そこを通過するには何か特別のものを支払わなくてはなりません。上り坂のせいではなく、心肺がそう命じます。木のせいではなく、地面が悪いのではないでしょうか。地面に何かが埋められていて、それが通せんぼをしている。

先日、このあたりに犯人が居ると目星をつけた地面を、座り込んで観察していました。

暗がりの原因を見つけなくてはならない、というのは言い訳で、上り坂に疲れて一休みしたかっただけなのですが。

地面は、濃い緑色と黒土が斑《まだら》になってやわらかそうに蠢《うごめ》きあっている。木下闇《こしたやみ》には苔《こけ》が育つ。毛糸ほどの筋様の苔が百も集まって小指の先ぐらいの塊を作っていました。毛糸の一筋一筋が生きて動いているのです。

これは苔ミミズだ。

なぜ苔ミミズと思ったかと言えば、糸ミミズを金魚の餌《えさ》に買ったことがあったからです。あんなに細い生きものが、団子になって金魚鉢《ばち》の片隅に転がっているのを金魚がつつくと、たまらず塊から離れる糸があり、そいつは真っ先に喰われてしまうのです。辛抱が肝心で、けれど辛抱すれば助かるというものでも無かった。糸ミミズに生まれたのは運命で、木下闇の苔に生まれたのもまた同じ。

どちらかというと、喰われるわけではないこの苔の方が良さそうだと、酸欠気味の視線をとろりと投げかけていました。ひとつ箇所だけに視線を集めているのは、呼吸を細く長く吐き続けるほどの忍耐力と体力が要るものです。

やはり土の中に、敵は眠っていたのです。苔の盛り上がりが少しずつ、けれど見ている間に大きくなってくるではありませんか。思わず知らずお尻をつき、のけ反り、現れて来る敵に身構えました。

やがて苔の盛り上がりが下からつつかれ、ほころびのように緑の表面が割れて、茶色い陶器のようなものがぬうっと顔を出しました。

私はそれが蟬《せみ》なのだと知っていました。何年も地中で育ち、最後に交尾して子孫を残すために出てくる。オスは短い期間にメスを呼び寄せるために腹を翅《はね》でこすって鳴きます。間違いなく蟬だとは思ったものの、蟬が出てくるのをこれまで見たことがなく、しかもその瞬間にはしっかりと顔があることも初めて目にしましたから、もしやこれは蟬ではないのかも、と後ずさり、何が起きても被害がないように用心していたわけで。

蟬はまず、土中から顔だけ出したところで私を見つけ、やあ、と声をかけてきました。私もやあ、と挨拶《あいさつ》を返しましたが、差しだした両手で苔を押さえつけて脱出を図る様は黄《よ》泉《み》の国から生還した生きもののように危険を感じさせ、それ以上手伝ってやる気にはなりません。

蟬は顔を苦痛に歪《ゆが》め、下半身を地面から抜こうと足掻《あが》いていますが、苔の密生は固いようで、膨らんだ胴体は少しも上がっては来ないのです。

どうにかしてくれませんか、と蟬が言うので、どうにもなりません、あんたは蟬で私は人間、大自然のＤＮＡに手を加えるのは良くないとみんな言いますし、何とか自力で脱出してください、と言いますと、蟬は恨めしそうに私を見上げ、人間は残酷だ、こういう目にあわせておいて助けてはくれない。脱出出来なければ、このまま死ぬ。十七年もこの土の中に居て、地表に出るのを夢にまで見続けてきたのに、こんな不様な恰好《かっこう》のまま腐って、この苔どもの栄養にしかならないとは、恨んでも恨みきれない、などと声を荒げたり細く呻いたりするので、私はほとほと参ってしまい、だったらちょっとだけ手伝うからあとは自力で生きてください、と言いつつ右手の人差し指と親指で蟬の背後から摘まみ上げようとしたのです。その時でした。蟬は抜けないはずの胴体をするりと抜いたかと思うと、私の右目めがけて突撃してきたのです。

固い石ころがぶつかったような衝撃が右目と頭蓋骨《ずがいこつ》に広がり、瞬間何も見えなくなり、私は後ろにのけ反った恰好のまま転がり、後ろ頭をしたたかに打ったのです。

耳のそばで羽音が聞こえ、どこかで聞いたことのある男の声がしました。

十七年もこの時を待っていたんだよ。あんた、十七年昔に、俺に何をしたか覚えているだろう？

右目から血が出ているらしく、薄く開いて見た世界は海老茶色にかすんでいて、その時、確かに十七年前、私はこの男にひどいことをしたのだと思い出しました。それがどんなひどいことだったのか、必死で記憶を辿《たど》るけれど、加害者は通常、このような痛い目にあってもうまく思い出せないものなんです。

ポンペイアンレッド

1

静かな小雨が、霧のように降ってくる四月の午後だった。私の還暦の誕生日を一週間後に控えていた。

甘くひんやりとした気配を灰色のコートに包んで、まるで忍ぶように市の郊外にある家具屋に出かけたのだ。

ずっと以前からの決心を今日こそ実行しようと、目立たない身なりからは想像もできないほどきっぱりとした心持ちで、回転扉を肩で押したところ、中から流れ出した空気にかすかなワインの香りがした。ラッカーの匂いを嗅《か》ぎ間違えたのだろうか。

目指したのは三階の椅子《いす》売り場で、その朝お店から電話を貰《もら》っていたのだ。

「お探しの赤い椅子が見つかりました。長いあいだ倉庫に眠っていたようで、なぜか在庫の帳簿からも消えていたのですが、あらためて探してもらったところ、お客さまのご希望の椅子が見つかりました」

ともかく見てみたかった。すべての条件は伝えてあったので間違いないだろうが、この目で確かめるまではおぼつかない心地がした。本当に私が欲しい椅子が見つかったのだろうか。

ぐるぐると三六〇度回転して、リクライニングがフラットにまで倒れ、そのとき足置きも真っ直ぐ飛び出し、頭部から足先までの全身を支えることが出来る椅子。しかも上体を起こしたときは背中とお尻が九〇度にならなくてはならない。もちろん本革製品。

けれど一番難しい条件は、椅子の色だった。深紅よりもっと鮮やかな朱赤。火より強く輝き、その強烈さゆえ座る人間を謙虚に鎮まらせ、内面に向かっての崩れを誘う赤。

私はこの椅子に、還暦から先の人生を託すつもりでいた。赤は精神の集中と崩れを誘う。私は崩れたかった。流れる血液と同じ色に身体を預ければ、外も内も一緒になり、きっと体内の秩序も崩れる。

折角《せっかく》六十年も生きてきた心身の調和を、崩してはならない、と誰もが言う。それが常識というもの。

けれど六十年間の自分にはいささか飽きていた。疲れてもいた。身体を血液ごと脱ぎ捨てたかった。脱ぎ捨てれば、真新しい自分が再生するかもしれない。還暦とは再生のための区切りなのだ。

少し前までの赤いチャンチャンコと頭巾を身につける習わしは、何の意味があったのだろう。地味で目立たない老人色に真っ向から反逆することで、居直りの性根を見せるためなのか。誰も私に赤いチャンチャンコを贈ってくれそうになかった。

赤い色、緋色《ひいろ》、熱い色。あれこれ思案しているうち、他の物ではなく椅子を買おうと決めた。

ネットで検索してみたけれど、およそ椅子というものは他の家具との調和を大事にするか、さもなくば一点のポイントカラー、アクセントとして購入されるらしい。茶系統が多く、これは日本の家屋が木造だからだろうか。ポイントカラーであっても白か黒と決まっている。上品さを狙ってベージュやグレイ、琥珀《こはく》色もあるけれど、ピンクや青は滅多に無く、赤も落ち着いた色がほとんどだ。

私はまず、印刷物の赤を調べた。専門的な名称は面白いほど沢山あった。色見本には様々な赤と名前が並んでいた。

深紅は紅花から作られた赤で、朝鮮や中国から渡来したものらしい。だからカラクレナイとも呼ぶ。カラは異国の意味もあったのだろう。いや三国志に出てくる呉の国の呉は、広島の軍港呉《くれ》であり、その呉に藍染めの藍を繋《つな》げて呉《くれ》の藍《あい》、それがくれないになったのだとも言われている。いずれにしても日本には無い赤だった。気に入らない。

カイガラムシの雌を乾燥させて潰《つぶ》し手に入れた赤はいろいろある。一般的な赤として、カーマインと呼ぶ。深紅に似た真っ赤だけれど、虫を殺して潰すというのが好きではない。それも雌の虫だなんて、いやです。もちろんカーマインは外国産の赤で、西洋の洋をつけて洋紅（ようべに、ようこう）とも呼ぶそうだ。

日本にも赤い顔料になる虫がいたのだろうか。日本では茜《あかね》や紅花から赤い汁を貰ったか抽出したに違いなく、虫を殺してまで赤い色を身につけただろうか。よくわからない。

ターキーレッドというのもあった。名前からして当然トルコ産の赤で、オリエントレッドとも呼ばれるようだ。少し日本に近くなったかな。

クリムゾンという赤、そして臙脂《えんじ》色もまたカイガラムシ系から作られたものがあるようで、虫が好かない。虫は勘弁してほしい。

イチゴ色やチェリーレッド、ルビーレッドなどは、色味はともかく呼び方が少女趣味で、還暦には似合いません。確かにキレイな赤ではありますけどね。

あれこれ理想を言っても始まらない。ともかく赤い色なら良しとしよう。色見本のページを閉じ、瞼《まぶた》の内側に理想の椅子を描いた。

そのとき、ああ、と声が出た。これが理想の赤だ。

何のことは無い、私の瞼の裏には血の赤があった。これだ、としばし味わい、目を閉じたままゆっくりと天井に向かって顔をあげると、蛍光灯の強い白色光が溶け込んで来て、血の赤は夜明けの曙光のようなオレンジ色に変わり、瞼の裏全体に広がったのだ。


三階はソファーとテーブルと飾り棚の売り場にもなっていた。人気は無い。郊外店のウイークデーの昼間は、こんなに客がいないのだろうか。気の毒な心地もして、またお客としてちょっと威張っても良さそうな気もして、それでも誰も姿が見えないと不安になり、もしもし、とソファーとテーブルに向かって声をかけると、飾り棚の後ろから、はい、と声が返ってきた。

出てきた店員は涼しい目鼻立ちの若い男だ。最近の若い男は、たくましさと武骨を嫌うそうで、まさにこの店員もそうだ。白く清潔なシャツから伸びた首から、野や山の奥で陽を浴びずに背丈を伸ばした樹木が、何かの不都合があって樹皮を剝《む》かれたような、ナマで必死な匂いが伝わってくる。この青年には何か不都合な謎がある。

とはいえ、首より目にこそ吸い寄せる力があり、視線もまた匂いを伝えてくる。紡錘形《ぼうすいけい》の中の黒目には勢いと謙虚さがあり、公家人形のように鎮まった気配をたたえ……つまり一瞬で私は魅入られたというわけだ。

「私、お電話を頂いた……」

「あ、お待ちしていました」

差し出された名刺の肩書きには、営業主任、とある。主任なら案外年齢は行っているのかも知れず、けれど主任なんて肩書きは誰にでも付けられているのかも知れず、がっかりしたような、安心できるような、もやっとした気分で小さく頷《うなず》いた。

「ごめんなさいね、無理な注文をしてしまって」

「とんでもありません、ご希望の家具を探すのが私の仕事です」

と言ってじっと私の目を覗《のぞ》き込んだ。

「赤い椅子をご希望でしたね」

「どんな赤でも良い、というわけではありません」

「臙脂や煉瓦《れんが》色なら結構あるのですが」

「調和は必要ですからね。でも調和しなくても良いのです」

男は不審な気持ちを隠すように、また理解した風に口を結んで目で笑う。ニュアンスの深い笑顔だ。

「ですから、弾けるような赤……」

「なるほど、調和は要らない」

「周りの家具を壊しても良いほどの……」

ますます口は引き締まり、私の真意を探るために男の目は鋭く穏やかに強くなった。見るほどに良い男だ。

「周りの家具を壊すほどの赤ですね」

そう言ってるでしょう。むっとして睨《にら》み返した。自分なりに納得するための時間稼ぎだろうが、そういう間合いを取るということは、容姿だけでなく頭も良さそうだ。

「全国の支店に問い合わせて、一点だけご希望の赤い椅子が見つかりました。東京の立川《たちかわ》で新居用に特注されたのに、キャンセルになった品物です」

「あら、キャンセルされたのですか」

「ですから、お安くさせて貰います」

「それは可哀想な椅子ですね。キャンセルにはそれなりの理由がありますでしょう」

「新築住宅が火事になったそうで……いえ、その椅子は納入前でしたから、全く問題はありません。特注で作って、キャンセルされたので、全国支店の商品管理から漏れていました。あちこち倉庫を調べて、ようやく見つかったというわけです。もちろん、三六〇度回転して背もたれと足置きは、一八〇度フラットになります」

「それが、電話では言い忘れていたのですが、現物は届いていません」

「是非、見せていただきたい」

「……そんな」

「写真と、革が届きました。立川からの配送になりますと、輸送費もかかりますし、もし気に入っていただけたら、ご自宅に直接配送の手続きをいたします」

拍子抜けだ。赤い椅子に座って、三六〇度回転させ、フラットに寝そべり、そののち購入しようと勢いづいていたのだが仕方がない。

男は、私を売り物の白いソファーに座らせ、奥から一枚の赤い革見本と写真を持ってきた。鞣《なめ》した薄手の革だった。

「この赤です。これはポンペイアンレッドと名前が付けられた特殊な色で、これ以上赤らしい赤は無いでしょう」

「ポンペイですか」

「ポンペイアンですから、ポンペイの」

「ポンペイの赤、というと、ベスビオ火山が噴火したときの」

「いや、噴火の色ではないと思いますが、調べておきます。これこそご希望の赤だと思いましたので」

「ええ」

確かに、これ以上の赤は望めない。頭に描き、目の裏に浮かべていたのは、この赤だった。ポンペイやベスビオ火山と言えば、噴出する溶岩や火の粉の色を想像するけれど、人工的にしか作れない赤で、人の手と目が極めた果てのその色は、皮革というより絵画の中にたった今置かれたばかりの絵の具のような艶《つや》がある。触れると手指に赤い色が付いてしまいそうに、てらてらとぬめり光っていた。

「この色です、たしかに、この色の椅子が欲しくて」

「想像してみてください。この革を張った椅子を」

と写真を見せてくれる。

「この写真は……」

「あまり鮮やかな赤ではありませんね。現物の革はこの色です」

写真を転送してプリントアウトすると、色がくすむ。カメラのフラッシュが反射して一部は白く飛んでしまっていた。だから写真の上にそっと革を乗せて、想像するしかなかった。そしてそれは完璧《かんぺき》に私が望んだ椅子だった。

即座に購入を決めて、男の目に挑むように言った。

「買います、これを買います」

男はわずかに身を退き、静かに頷くと、良かった、と呟《つぶや》いた。自分が充分な仕事をし終えた満足で口角が持ち上がり、その上にある濡《ぬ》れたような頬《ほお》も内側から膨らんだ。

「ポンペイアンレッドの椅子、お買い上げありがとうございます」

「求めよさらば与えられん、ですね」

「業者が運び込んだあと、何か問題があれば、すぐにお伺いいたします」

エレベーターに乗り込むとき、閉まる扉の向こうで直立した男は、頭を下げるかわりに視線を上から下へ、そしてまた上に動かし、ゆっくりと溜息《ためいき》をつくと、唇《くちびる》をこっそり卑猥《ひわい》に動かした。

扉が閉まると同時に私は全身に汗を感じ、魔法から覚めたような動揺を覚え、けれどポンペイの赤だ、あの赤が手に入るのだと、それは心底嬉しかった。

駐車場に下りると、入ってきたときのひんやりとした落ち着きが身体から逃げ出し、皮下脂肪のさらに下あたりでたゆたっていた湯気が、毛穴から噴き出してくる心地がした。

さて、ポンペイアンレッドの語源について調べたことを書きます。

けれど実のところ、赤い色の顔料とあるだけで、詳しい成分や作り方は判っていないらしい。それはいまだ謎なのである。

ベスビオ火山が噴火してポンペイが壊滅したのは西暦七九年のこと。当時はこの都市もローマの支配下にあり、繁栄を誇っていたけれど、高温の噴煙と火山灰でたちまち埋め尽くされ、逃げおおせた人はわずかだった。

映画でその様子を見たことがあるけれど、陸地に安全な場所など無く、海へ逃げるしかなかった。多くの救難船が差し向けられたようだが、それまでも噴火は繰り返されてきたこともあり、タカをくくって治まるのを待っているうち時機を失した市民も多かった。栄耀栄華に馴れてしまうと、差し迫った危機にも鈍感になる。まあ、何とかなるだろうと、根拠の無い楽天主義者になる。人ごとではない。現代の日本人も、どんな災害があっても自分だけは生きのびるだろうと考えている。

私は二度、ポンペイの遺跡を訪ねたことがある。当時の人々の生活は想像以上に高度なものだった。ワインを売る店やパン屋もあったし公衆浴場も公衆トイレもあった。上下水道も設置されて男性のシンボルを掲げた風俗店まであった。飽食のあと吐き出す壺《つぼ》まで残っていたところを見ると、食べることと、セックスすることは人生で大切な快楽だったのだ。

行き交う馬車の車輪は石畳に二本の轍《わだち》を深く刻み、馬車道を横切る横断歩道も作られていたのだから、人や物の交流も盛んだったのが判る。

日本の七九年といえば、長い縄文時代から抜けだし、ようやく弥生時代が完成した、というあたりで、パン屋に風俗店に公衆浴場、そのほか様々な社交場が機能する都市など、思いも寄らぬ風景だった。

もちろん当時の日本には、天然自然に存在する色よりほか、人工的で純粋な原色は見当たらなかっただろう。もし何かの工夫で赤や黒や白が手に入れれば、宗教的な祭祀《さいし》に使われたに違いない。なぜなら原色は、希少価値があり高価だったに違いないから。

けれどポンペイには、原色をより純粋にしたような赤があった。私のポンペイ訪問では見つからない場所に、ポンペイアンレッドは隠されていたのだ。

観光客が通常入ることの出来る発掘が進んだ一帯から、かなり離れた海側の場所に、「秘儀の館」と名付けられた家がある。秘めたる儀式の秘儀だ。

何やら怪しく、そしてエロチックで犯罪性も匂う。そしてそれらすべてが含まれていたらしい。

秘儀の実態については諸説があり、学問的に確定されたものではないということを前提に、この館で何が行われていたかをお伝えしよう。

ローマの統治を受けていたとはいえ、ポンペイはナポリに近く、ナポリの名前はネアポリスから来ているとおり、ギリシャ時代の影響を色濃く残していた。ローマの元老院は邪宗として禁止していたけれど、このあたりではギリシャ時代からのディオニソス教が密かに続いていて、その宗教儀式が行われていたのが秘儀の館だという。

ディオニソスとは葡萄酒《ぶどうしゅ》と豊穣《ほうじょう》と酩酊《めいてい》の神で、妻はアリアドネー。ローマのバッカスと同じ神。快楽と享楽《きょうらく》を認めてくれて好印象な神だが、入信にはそれなりの儀式が必要だったらしい。

この館の奥まったところに入信の儀式を執り行う秘儀の間があった。もちろん記述が残っているわけはなく、部屋の三面の壁に描かれた壁画から想像するしかないし、それゆえ様々学者が自分の解釈を主張することになった。

三面の壁の長さは合計で十七メートルもあり、高さは床から天井まで約三メートル。そこにほぼ等身大で二十九人の人物が描かれている。

秘儀について読み上げる少年がいる。この館の女主人もいる。そこだけ見れば穏やかな壁画だが、半獣神が竪琴《たてごと》を弾き、女がタンバリンを頭上で叩き、羊飼いの女は山羊の子に自分の乳を飲ませ、羽の生えた女はムチを振るっている。ムチ打たれる男女はその苦しみを快楽に変えてこれから性の営みに移るらしい。見守るのはディオニソスと妻アリアドネー。

暴力的な熱狂とエクスタシーが、入信者を神に帰依させるらしい。婚礼のための儀式だとする、いかにも穏やかで言祝《ことほ》ぎに満ちた解釈もあるようだが、言祝ぎにムチの痛みが必要だろうか。

人間を人間から解放してくれる秘儀の間での出来事は、ほぼ千七百年ものあいだ、六メートルの厚さの火山灰に埋もれていたおかげで、奇跡的に現代に蘇《よみがえ》った。

秘儀の熱狂と恐怖と快楽を、まるで熱い炎のように伝えてくるのは、壁画の背景を埋め尽くす艶のある赤。ポンペイアンレッドと呼ばれている、あの濡れて燃え上がる赤だ。

三方の壁画は隅々までこの赤で埋め尽くされ、部屋の真ん中に立てば現代人も血が沸騰するのだとか。

この赤は、もともと黄色い顔料だったのが、ベスビオの噴火ガスの熱で変化したと言う説もあるようだが、その説は受け入れがたい。もし高熱で色が変わったなら、ムチ打たれる男女や全裸の女の背中が、生々しく白く、振り上げたムチが痛みや血を吸ったようにどす黒くしなっているはずがない。

目を閉じると、瞼の赤の中から、竪琴とタンバリンとムチの音、さらに苦痛と悦びを押し殺した声がじわじわと湧いてきた。

ベスビオ火山が噴火した西暦七九年当時、日本でもきっと、いくつもの火山が火を噴いていたのだろうと想像した。

誰も覚えていないだけなのだ。

2

そのダイレクトメールが届いたのは、赤い椅子が我が家に来て数日後のことだ。

「先日は椅子をお買い上げいただき、ありがとうございました」

という文面で始まる手紙には、地図が添えられていて、ご都合の良いとき、是非一度お訪ねくださいい、とあった。

「きっとご満足いただけるクラブです。ただし、グーグルで検索いただいても見つけるのは困難ですから、この地図の通りに来ていただければ、見つかると思います。お待ち申し上げています」

さほど遠くではなかった。バス停で下りて、地図上の赤い矢印どおりに北へ向かって歩いた。

ランドマークとなる建物や森も、ここです、この方向で間違いありません、と親切な存在の仕方をしている。

細い草道に入り真っ直ぐに上がって行くと峠になっていて、さすがに峠まで辿《たど》り着くには一汗かいたけれど、さっと心地よい風が迎えてくれた。風は峠の向こうから吹き上がってくるらしい。

胸を張って目を上げると、遠くに海が広がっていた。一瞬、怪訝《けげん》な心地がした。この方角に海があったかしら。

けれど地図には海も記されていて、峠を越えてさらに真っ直ぐ進み、今度は海岸近くまで下って行くように赤い矢印が示している。

あたりに家が無く、砂地を這《は》うように丈低い植物が茂っていたが、視線の先にこんもりと丸い樹木の塊が見えた。あれが目的地だと見当をつけた。地図にもそのかたちが描かれている。

近づくにつれて、緑の色は濃くなり樹影も黒く変わった。

森の入り口に立つと、太い蔦葛《つたかずら》が木々に巻き付いて大きなお椀《わん》のようになっているのが判る。そしてお椀の真ん中の窪地《くぼち》に、赤い屋根を乗せた石造りの家が、大地に沈み込むように建っていた。

西洋のおとぎ話に出てくる建物のようで、日本の海岸には相応《ふさわ》しくないけれど、周りの緑には良く映えて美しい。ただ入り口の四角い扉以外には開口部がなかった。そのせいで、家というより、赤い頭と黄土色の身体を持つ巨大な昆虫の印象だ。重厚ではあるけれど、屋根の下からするすると羽が飛び出して、空へ浮かび上がる。いやそんな方法でどこからか飛んで来たような。もしかしたらカイガラムシの親玉かもしれない。

躊躇《ためら》うことなく、扉の前に立ってノックをすると、虫が低い声で鳴くような音をたてて扉は内側に開き、風に押されるままに中へと入る。海風は涼しかったけれど、家の中には湿気が立ちこめていて、そうか、やはり昆虫の体内に入ったのだと思えば、少しも意外な心地はしないし、すべてが当然の成り行きでもあった。

内部の暗さに馴れてみると、様子がさらにはっきりした。うっすらと酸味と渋味のこもる空気が満ちていて、懐かしささえ湧いてくる。

「良くおいでいただきました」

「はい、来ました。地図が正確でしたから迷わずやって参りました」

「峠を越えるところに、一工夫が必要でしたが、上手く行きましたね。あなたも度胸がおありになる」

「やはり、あなたでしたね。他には思いつかなかったけれど、このような幸運な成り行きにいささか疑問も抱いていましたので。それに、あのお店では気がつかなかったけれど、ずっと以前に、私たちお会いしていますね」

「はい、よくそこまで思い出してくださった。あなたがまだ十代だった」

「十代最後の四月でした。やはり誕生日の一週間前でした。大人になる直前」

「お釈迦《しゃか》さまより一日遅れて生まれたのだと、あなたは言った。あなたの口は甘い香りがして、ポニーテールにくくった後ろ髪の毛先から、汗のようなしずくが落ちてきて、けれどそれは汗ではなく赤ワインでした。飲んでみて、と言われて、私は髪の毛先に吸い付き、ごくごくと飲むのだが、飲むほどにワインはどんどん湧きだして、キリもなく、終わりもなく、結局はどろどろに酩酊するしかなく、全くだらしないことになりました」

「あなたが飲んでくださったポニーテールのワインを、私も一人でこっそり、飲んでいたのですよ。あのころ髪の毛は、胸にまで届く長さでしたから」

「ああ、なんてことを白状するんだ。一人で飲むなんてモラル違反です。でもまあ、そういうやり方が最高の酔い方なのを知ってはいます。大人ならば誰だって良く知っている。あなたの場合はポニーテールからですが、女はそれぞれお酒がしみ出てくる魔法の蛇口《じゃぐち》を隠し持っているものです。たとえば、右足の親指であるとか、ときには臍《へそ》や脇毛から出てくる女もいる」

「ぞっとするほど卑猥なこと」

「まったくです。そういう卑猥なことを、あなたは昔から平気で口になさった。飲みませんか？　このポニーテールを吸ってみない？　その誘いが何とも扇情的で挑発的で、ポニーテールで鼻先をくすぐられた男たちはみな、飛びついて吸い、そして酔って倒れた。そのまま死んでしまった男もいたのでは」

いきなりそんな会話になった。

目を細めて周りを眺めてみると、男の背後に大勢の人間がそれぞれ違う顔を張り付かせて棒のように立っている。彼らは右手に白い花を左手にトンカチのようなものを持って、人工的なほほえみを浮かべていた。白い花は睡蓮《すいれん》に長い茎を付けたような、東洋的な美しさ。もったりと内側に何かを隠している大きめの花弁。

そこで初めて、クラブという秘密めいた言葉を思い出した。そうだった、私はクラブに誘われたのだった。

背後の人の柱から、少し離れた右端にいる二人は女性で、手に持っているのは一人がタンバリンのような丸い二枚の皿で、もう一人は胸の広さに収まる大きさの竪琴だ。そのあたりからねっとりと熱くて、ときどき荒い爪《つめ》を立てるような一瞬の音の飛躍が届く。けれど全体としては耳にも身体にも心地よい音楽が流れてくる。

私は抱きしめられ、その隙《すき》に素早く目隠しをされた。男は耳元で囁《ささや》く。

「目隠しをすると全身が敏感になり、毛穴からふわふわと産毛が伸びてくる……」

「ああ、覚えています、そのふわふわ感」

「身体が覚えているはずです」

「確かに、何十年も忘れていたけれど、思い出しました」

「そうです、産毛は次に何になるのかな」

「……羽です」

「そう、羽になる。最初は白くても、やがて血がめぐると先端まで赤く染まる羽。フラミンゴよりもっと赤くなる」

「フラミンゴなどと較《くら》べてはいけません」

「男としては無上の楽しみでね。達成感ですよ。女の色の変化が嬉しい。触れれば触れるほどに色濃くなっていくのがいとおしかった。とりわけ、羽の肩の小さな盛り上がりです、女の急所は」

「そうですか、私には急所がどこなのか判りません」

「ほら、ここのところです」

いつのまにか肩の上あたりに感覚の鋭い部分が盛り上がっていた。ざわざわと全身の羽毛が毛羽立ち動き、肩の急所に向かって波を送ってくる。

私の息が荒くなっていくのが判る。目隠しが落ちる。人の柱たちは、まるで建物の一部のように無表情なままだが、その底には使命感と意思が備わっていて、ますます壁のように固まって感じられた。

「ところで」

と私は男の指先から全身をくねらせて逃げる。けれど顔だけは同じ近さのままだ。

「あのとき、どうして私から逃げたの？　逃げたでしょう」

男の返事は意外なものだった。

「まだ幼かったのです、あなたに立ち向かう力が無かった」

「そんな言い訳、ダメですよ、いざ、こんな場面に至って。他に、好きな羽が手に触れたとか。そうそう、背の低い、鼻の先にホクロのある、西洋人形のような女の子がいたわねあなたの近くに。けれど私、知ってたのよ、あの子のバストは九〇センチもあるってこと。背は低くても、目とバストはとても大きいってこと」

「大きなオッパイは好みじゃないと、話したはずだ」

「確かにそう仰った。ホルスタインみたいで温かさ以上のものが感じられないって。でも本当は大好きだったはずです。だって、牛を見ていて、あのオッパイ美味そうだって言っ

た の覚えていますもの」

「あなただって、馬を見ると発情すると言わなかったっけ」

「言いませんよ、そんな馬鹿なこと」

言ったかも知れない。いやあれは、ある女性作家が馬の種付けを見物して、腰が抜けたと書いていたのを追体験しただけだ。その作家は馬の目がその瞬間に霞《かすみ》をまとったように溶けて見えたとも記述していて、馬の目の霞の方が追体験としては強烈だった。快楽の瞬間を人間はあれこれごまかすけれど、馬の大きな紡錘形の目は正直だ。

半獣神というのは、正直な頭と素直な下半身を合体させた、理想的な生きものなのだろう。

音楽が鳴り止んだ。その方向を見ると竪琴を抱く頭が異様に大きく膨らんで、人間の三倍もありそうな目に天井から落ちてくる明るみが破片になって映っている。傍にいたはずのもう一人はタンバリンを投げ出して、着ぐるみのような小動物に乳を与えていた。いそがしい神々だ。

けれどこれは、獣と人間の境目が消えて、柔らかく美しい光景。

「試してみましょう、今も可能かどうか」

「何を？」

「あなたの髪からワインが沁《し》みだしてくるかどうか」

「ダメですよ、このところ髪の手入れを怠っているのでぱさぱさです」

「どうかな、まだ蘇るかも知れない」

「それよりあなた、あれから背の低い女の子とどうなった？ それをまず聞かなくては」

「だからダメなのです、だから私は離れた」

「何ですって」

「そうやってきらきらした眼差しで、理詰めに質問する。頭の中に小箱が沢山在って、たちまち整理整頓してしまう。全部壊れて溶けてしまえば、私も一緒に溶けてしまうことが出来たのに、あなたの頭の中はずっと明快だった」

「しっかり溶けましたよ、あのときも」

「いや、頭の中で小箱たちがぎしぎしと音をたてていた。今もこうしていながら、この先の成り行きを占っている。ここまで来ても、まだ自分は自分のままでいられると考えている。浅はかだな。どこかで人間は人間から解放されなくてはならないのに、それを拒んでどうしようと言うのですか」

それはそのとおりで、あのころの私は頭が働き過ぎました。あのころは仕方が無かったけれど、いまはもう、人間が人間から解放されるのを望んでいる。暴力が熱狂を生み、痛みが快楽に繋がり、不道徳な欲望が人の世を陰で牛耳っていることも知っている。それだけ長く生きた。

「六十年ですからね、そんなこと解っていますよ」

「いや、あなたは今もあなただ。だから必要なものを用意してある」

男は指を鳴らした。

背後の壁のように立っていた人たちが手にした花を差し出す。私は一つ一つ受け取り、胸一杯に花を抱えた。

彼らのもう一方の手にはトンカチが握られている。一斉に振り下ろされると私は死ぬ。

「その花には仕掛けがありましてね、顔を近づけてみてください」

もはや逃げられないと甘い諦《あきら》めを言葉にはせずに呑《の》み込み、一本の花に顔を近づけると、白くて丸い花の中心、蕊《しべ》の部分が充血していてその部分から赤い液体が盛り上がってくる。蕊からこぼれて、白い花弁の底に溜《た》まって行くので、あわてて口を寄せて啜《すす》った。やはりワインだった。たった一口なのに、花と人の柱と天井がぐらりと揺れて、揺れた拍子に二本目の花からワインがこぼれそうになる。

もったいない。

「そうです、人生は短い、とくにあなたは短い。あとわずかしか残されていないのですから、思い切り飲みましょう」

愉しい気分が飲み干した花から湧き上がってくる。さて次だ。三本目の花も同じように
ワインを溢《あふ》れさせているけれど、こちらはトスカーナではなくシチリアだな。まあ、どちらでもよろしい。美味しければ相手を選ばずです。

すべての花を吸い尽くしてみると、世界は輪郭を失っておぼろに和らぎ、鎮まることも固定されることもなく、万物が浮いて見えた。

そうだ、これこそ私が求めていたもの。見たかった世界。一つ刺激があればすべてが流動するけれど、そこに法則なんか無い。世界はルービックキューブのように目的を持って動かすことなど出来ず、ただ流動している。流動だから理由もないし、結論や結果もなく、次の流動へと続くだけなのだ。そう感じる自分が嬉しかった。誰とも何ともぶつからず、流れの中に呑み込み呑み込まれるので、屹立《きつりつ》も出来ないけれど消滅もしない。

「そろそろ良い頃合いですね」

男は誰かに目で合図すると、私の背後に台が現れ、その上に四角く長い箱が置かれている。いよいよ秘儀の始まりらしい。

「入りますか」

と男が静かに言う。

「いいですね、けれどこの台は高いので、私の足では上がれません」

「もちろん私が責任を持ちます」

男は私を両腕で抱き上げる。私の腕で吸い尽くされた花が石の床に散らばった。最近は食が細くなったので、さほどの重さではないはずだが、命があり血液も流れ筋肉も動いているので、大丈夫かしら。

私はお姫様抱っこされて、箱の中に納められた。周りをクッションで固められ、その柔らかさが全身を包む。このまま眠って良いのだろうか。

けれど秘儀は続くようだ。

「この箱は二人用なのです。少し身体を横向きにして貰えませんか」

言われるまま右脇腹を下にすると、箱の中に半分のスペースが出来た。

男はその隙間にするりと身体を滑りこませる。

「この方向で良いかな。私が上下逆さまに入ることもできますが」

「互い違いはちょっと卑猥です」

「卑猥という言葉は昔から好きでしたね。では卑猥ではなく正常位で行きましょう」

顔と顔、胸と胸、太ももと太ももが合わされるかたちに向かい合う。正常位というのは違うと思うけれど、そういう認識ならばそれでも良い。

「上等なクッションですね。どこにも体重がかからないのでとても楽ちん」

「こうやって一晩眠ったこともあった」

「ありませんよ、それは背の低い女の子との思い出でしょう」

「このごに及んで、まだソレですか。もうここまで来たのですから、許してください」

私の反応を待たずに、右手を挙げて合図を送る。すると人の柱がばらばらと箱の周りにやってきて、散らばった花を取りあげて私と男の上に置いたり足の隙間に埋めたりした。それからゆっくりと、勿体つけて足の方から蓋《ふた》をずらしてきて、顔のところで止めると、全員が声を合わせて、コーラスのように歌う。

「閉じますよ、閉じます。幸せな人生でした。おめでとうございます」

すでにぼんやりと、この箱が何かが判っていた。けれどもう、ここから這い出して成り行きを阻止しようなどとは思わない。

「閉じますよ、閉じますよ」

「お願いします」

と私も歌うように返事した。

蓋は完全に閉じられて、男と私は向かい合ったまま闇《やみ》に埋もれる。けれど男の息も肌も匂いもすべてがこれ以上無いほどの近さに在った。

「今少し、騒々しいけれど、最後の我慢です」

箱の蓋の上から釘《くぎ》が打たれているようだ。彼らは懇切丁寧に、トンカチをふるっている。やがてその音も消えたが、すぐに箱はごろごろと転がされているようで、滑車が床の上を滑る音、そして鉄の扉が閉じられる気配。

ようやく闇と静寂がやって来た。

「さあ、お楽しみはここからです」

「償《つぐな》いでしょう」

「いや、償ってもらうのは私です」

「なぜなの？　だって私から逃げたのはあなたでしょう。逃げた理由を話しなさい」

「ほらまた、そうやって詰問されるのがイヤだから逃げた。弱かったのですよ私が」

「謝りますか」

「謝ります。こうやって手をついて、ごめんなさい」

どこに手をつくの？

「……でも手をつく場所がない……ああ、ありました……このあたりで勘弁してくれますか」

男は私の閉じた太ももに手を差し入れ、身体をよじりながらもう一本の手を抜き取ると、私の肩に生えた羽の膨らみに当てた。

「そういうことなら、勘弁します」

勘弁します、の声が箱の内側を震わせて少しばかり外に漏れたかも知れない。けれども、声はどこにも届かない。タンバリンと竪琴の音楽も、記憶になっている。

「勘弁します」

と喘《あえ》ぎながら続けると、男は声ではなく息だけで笑った。

「これから何が起きるのかしら」

私と男は箱の中で向き合い密着している。

もっと密着することも可能だ。

私の望みが伝わったようで、男の身体から、滑稽《こっけい》なほどの勢いで出て来た生きものが、私の身体に入り込み、少しずつ内臓を食べながら頭にまで上がってくる。

「気持ちいいです」

「このモノは内側から火を付けます。あなたの身体を溶かします。それに私も吸います。あなたの髪を束ねて吸いますよ。ほら、この髪の毛から湧いて来ます。甘い甘い」

溶岩が流れ込んだように下半身が熱い。けれど、ぞろりぞろりと上がってくる感覚が身体の隅々まで充足させほどけさせる。力が抜けていき、ブチブチという快楽の音が頭の芯《しん》まで痺《しび》れさせた。

「こういうのが最高です。生きてきて良かった」

と私は男に言うが、男もブチブチと溶けて行くらしい。溶けながらも、これだけは伝えておきたいと、耳元で囁《ささや》くのだ。

「あのね、これから起きることはもっと素晴らしい。この箱は外側からも数千度の炎で焼かれるのです。最後の愉しみはこの炎です」

「はい、炎をどうやって愉しむの？」

私の声もカタチを失って揺らめいている。

「炎が入ってきたなら、ゆっくりと口で銜《くわ》えます」

「銜えるのですね」

「銜えてそれから、舌で一枚一枚丁寧に舐《な》めます」

「一枚一枚舐めます」

「すると炎は綿菓子のように口の中で甘く分解します。分解し喉《のど》のあたりで溶岩と繋がり、全身が真っ赤に染まります。それで人生は完結です」

「貫かれるのですね、上からと下からと」

私はその時をじっと待つ。外側からと内側から、上からと下から、熱いものが迫ってきて、もう耐えられないほどの快感で声も出なくなった。

「もしもし」

「……はい」

「どうかなさいましたか」

「……いえ、ちょっと眠っていたようで、失礼しました」

反射的に持ち上げた受話器から聞こえて来る声は、あの箱の中と同じだ。私の声もかすれている。

「……赤い椅子の座り心地はいかがかと思って、お電話してみました」

私はリクライニングを起こして、椅子の座り心地を確かめた。火の色より赤くて、お尻のあたりは私の体温で温まっている。

「……でも一人です」

「はあ」

「いま、この椅子に一人です。でも、二人でも座れないことはないみたい」

「……試してみますか」

「ええ、ご近所にお見えになるときはご連絡ください。もしかしたら、二人で座れるかも知れない……ポンペイアンレッドですからね……伸びたり縮んだりしそうです」

返事がなく、数秒ののち、電話は切れた。目を閉じリクライニングを倒した。もう一度あの箱に戻るために。

私が愛したトマト

波が打ち寄せている。まだ夏は始まったばかりで、空から降ってくる光はサラサラと乾いている。岬《みさき》をまわって砂浜にやってくる南風も、海水から立ち上る蒸気に捕まらず、上手く乗り越えてやってきた。そのうちむっとする風に変わるのだと、傍らに寝そべるパパが言うけれど、今はまだ少しひんやりとした透明な羽根で、地球をやさしく撫《な》でてくれている。

ギンガムチェックの水着には、ママが縫い付けた四角いポケットがあり、中にはマジックで名前と住所を書いた布が入っている。こんなポケットはイヤだと言ったが、ママは私が溺《おぼ》れたときに、魚と間違えられないようにしなくてはね、と真顔で言った。魚と間違われると、魚に食べられてしまうよ。富海《とのみ》の海には、人を食べる魚が沢山いるんだから。だから昔から、豊かに富んだ海で、富海と呼ばれているのよ。

ママの説明には棘《とげ》があった。

だからママは一緒に来ないの？ と訊《き》いたら、ママはたちまち寂しい顔になり、今日はママ行かないからパパと行きなさい、と放り出すように言った。

バスは空いていてパパと並んで座れた。バス停のオロナミンCの金属の看板が風で鳴っていた。パパは白いシャツと茶色のズボン姿で、髭《ひげ》はきれいに剃《そ》っている。いつもより横顔が白い。風呂敷に包んだ弁当箱と水筒が二人のあいだに置かれていて、片方の手で、ときどき私の手を握る。パパにそうされたのは初めてかも知れなかった。湿った手は気持ち悪い。赤ん坊のころは、髭の頬《ほお》を押しつけられて泣き出した、というのはママの説明で、本当かどうか判らない。まるで私が愛されていた証拠みたいに話した。私は、そうそう、そんな感じだった、とその時を思い出したように相槌《あいづち》を打ったけれど、ママに背を向けるとなぜだか泣きたくなった。

バスに揺られながら、パパはただ黙っている。ときどき横目で見上げると、ずっと正面を見詰めたままだった。パパの身体の中を、風が通り過ぎている。けれど何も感じないみたいだ。

海岸へはバス停のある道路から坂を下りなくてはならない。右と左からの屋根がくっつきそうな、曲がりくねった路地が海岸へと続いていて、陰の中から日向に出るたび、波音が強くなった。日向から陰に入ると、ちょっと目がくらんだ。途中で立ち止まると、屋根と屋根の隙間《すきま》に、見とれるほどの青い海が光っていた。

海岸で泳いでいる人はいなかった。波はほとんど無いのに、海面とその遠くで水平線がゆらゆらと揺れている。

「変だね」

と私は海に向かって言う。

「何が？」

パパが問い返した。

「海のこっち側は静かなのに、遠くが動いている」

そう見えた。科学者のパパは何か説明してくれないのかな。遥《はる》かかなたの遠くから、なるべく事を荒立てないように海の底をじわじわと動いてくるものがいる。手前の波はまだ何も危険に気づいていない。けれどもうすぐとんでもないことが起きるのだ。

「パパ、怖いよ。あそこに何かが居る」

「どこだ」

「ほら、岬の横の、白く光っているところ」

パパは私に合わせて遠くをみてくれているが、こんな風に気を遣って欲しくない。悪い夢でも見たのか？　と頭をゴツンして欲しいけれど、今日は多分、特別の日なのでゴツンはしないだろう。

「そう言えば何かが居る」

居るはずがない。

「赤いものが見えた」

「なら潜水艦かな」

それきり黙った。潜水艦かも知れない。けれど潜水艦は赤いだろうか。

「お腹が空かないか？」

返事をした方が良いのかどうか迷う。もう何年ものあいだ乾いた砂の上に膝《ひざ》を抱えて座ったまま、同じ方向を見ている人形になった気分。どうやって動き出せば良いのだろう。

「お腹が空いたら、そう言いなさい」

私は人形のまま頷《うなず》いた。パパが少し笑ったので、もっと笑って欲しくて、身体を揺すってみた。身体を揺すっても、波の音は変わらなかった。

それからまた、しばらく人形になった。パパもときどき大きな息をした。お腹は空いていない。パパはどこから来たのだろう。あの海で蠢《うごめ》いているのは、パパではないのか。一緒にバスに乗ってきたのは、パパではない気がした。

一昨日、ママによると半年ぶりに家に戻ってきたパパは、おかえりなさい、というママにただ頭を下げただけだった。お祖父《じい》ちゃんとお祖母《ばあ》ちゃんにも頭を下げて、何かモゾモゾと低い声で言った。研究室、という言葉が聞こえたけれど、それはパパの仕事の場所らしい。そこにずっと居たのだろうか。パパが家に来ると、ママもお祖父ちゃんたちも緊張しておかしくなる。いつものように大きな声で喋《しゃべ》ったり笑ったりしなくなり、ごはんのあとも、さっさとどこかに行ってしまう。パパはパパで、お座敷の端のソファに腰掛けて、物干し台があるコンクリートのベランダばかり見ている。ベランダのすぐ向こうには松の木と梅の木があり、木の枝が伸びた話しかしない。梅の木には貝殻虫が付いていて、そこだけ灰色のかさぶたになっている。あれは取った方がいい、などと言う。するとママは、そうですね、と言う。それからまた黙ったままになる。

パパと海に来た記憶はない。いつもママかお祖母ちゃんか、近所に住む保《たもつ》と一緒で、保はお母さんが居ないのでお弁当を持って来ることが出来ない。夏みかんの厚皮を剝《む》いたのをリュックサックに入れてくる。ママが保の分もお弁当をつくる。ササゲご飯のおにぎりは、最後には保が残ったのをみんな平らげてしまった。

「……あれは潜水艦ではないよ」

私はとうとう言ってしまった。何か声を出したかった。あれは戦争だよ。戦争の塊だよ。声にすることは出来なかった。潜水艦なら写真で知っているけれど、戦争は言葉でしかない。カタチが解らない。

「パパはね」

ああ、ようやくパパは口を開いた。

「パパはね、少し遠くへ行くことにした」

「遠くというのは、研究室？」

研究室がある大学は、隣の山口市にあり、バスで一時間もかかる。これまでだって、パパは遠くにいた。

「そうだね、研究室よりもっと遠くかも知れない」

「どれぐらい遠いの？」

パパは考えた。その時間が、これからの距離を感じさせた。

「あの潜水艦ぐらいかな？」

とパパは答えた。

私は突然、溢《あふ》れる声を吐き出した。涙が海を隠し、喉《のど》がしゃくりで塞《ふさ》がれた。苦しくて身体を丸める。

「パパは死ぬの？　部下や友達がみんな死んだから、パパも死ぬの？　特攻隊みたいに死ぬの？」

その名前は潜水艦よりもっと黒々と大きく、海水を呑《の》み込む暗い穴のように恐ろしくて、我が家では口に出来ない言葉だった。笛吹童子《ふえふきどうじ》では、オンゴという言葉を口にしたせいで、オンゴが現れた。黙っていれば、胸の奥に縛り付けておけば、現れない化け物。

パパは私を抱きしめ黙っていたが、仕方無く耳元で言った。

「……死なないよ。戦争が終わったら、そんな勇気も無くなってしまうんだ」

「死なない約束したら、遠くに行ってもいい。でもいつか戻って来て……」

お腹と両足を抱え込んで出来た、潮の匂いがする暗がりに一筋の光が射し込んだ。

「……あれ、何かな」

とパパが立ち上がり水際に歩いていく。波が打ち寄せたとき、その中から何かを拾い上げた。

戻ってきた手に、トマトがあった。

「水中合戦のトマトだ」

私は濡《ぬ》れたままの目を上げて、まだ青いところのあるトマトを見た。海の中にばら撒《ま》かれた小玉スイカやキューリやマクワウリやトマトを、海岸からヨーイドンで走って取りに行く。きっと昨日が富海小学校の水中合戦の日だったのだ。誰にも持って帰ってもらえなかったトマトを、パパが拾ったのだ。

パパは私の手の中にポトンと落とすと、ごめんね、と謝った。それからササゲご飯のお弁当を食べた。

東京は夜になっても明るい街だった。下宿していた四谷坂町界隈《よつやさかまちかいわい》だけは、新宿《しんじゅく》通りと靖《やす》国《くに》通りと外濠《そとぼり》公園に囲まれて旧《ふる》い町並みが残っていた。街は斜面の上に作られていて、車が入れない細い路地が、斜面を這《は》う毛細血管のようにめぐっている。

夜になると新宿通りの賑やかさに較《くら》べてこの一帯は暗く、コンクリートの路地ではときどき猫の目が光った。

私が路地の奥に見つけた下宿は、一畳が千円という、都心の相場より安かった。建物の古さと周囲の暗さのせいだっただろう。

路地からは下宿屋と見えないように、玄関のガラス扉はいつも鍵がかかり、横の狭い台所口から出入りした。一階に一部屋、二階に二部屋を貸している大家は背の曲がった老人で、同じ家の奥の部屋に住んでいた。大家も間借り人も一緒に、一階の狭い台所で煮炊きをした。

私の部屋は二階の路地に面した部屋で、雨が降ると玄関脇に植えられた八つ手の厚い葉に打ち当たる雨が、耳元でドラムを叩かれているように響いた。雨が降り始めるとバラ、バラバラ、と天からの合図のように葉が鳴った。

そう言えばあのころ、良く雨が降った。四畳半の窓際にベッドを置き、反対側の壁に本棚と机を置けばそれだけで一杯になった。

東京へ出てきてすぐに恋人が出来た。背が高くて額が広い柔和な顔立ちをしている男で、脇腹から腰にかけてほっそりと美しい身体をしていた。

農業大学の研究生で、ナス科に特有なアルカロイド系の配糖体について研究していた。ナス科の代表はナスの他にはホオズキやトマト。彼らの原産地はほとんどが南米でヨーロッパには十六世紀に入ってきたそうだ。その後、北米大陸に伝わった。

ナス科の話を始めると、目の前の私への関心は消えて、口は休むことなく動いた。まるで他の話になるのを怖がって、自分の専門から話題が逸れるのを必死で予防しているようだった。私は男の唇《くちびる》の動きばかりに心が集中して、何を話しているのかなどどうでも良くなっていった。

あの夜も部屋の中でベッドに背中をもたせかけ、トマトの赤は昔、食物としては嫌われていたという話を、延々と続けていた。

「トマトにはトマチンという毒が在るんだ。トマチンて可愛い名前だが、昔は怖がられていた。そのころは今みたいに真っ赤ではなかったのに、毒は今のトマトより強かったからね」

何か曖昧《あいまい》な相槌を打ったのかも知れない。私は上の空だった。言葉が気持ちの奥まで届いていなかった。

不意に胸の中の悪魔が、私に声を出させた。

「あなたはエゴイスト」

いきなり口から溢れ出たのだ。

男は瞬間、呆然《ぼうぜん》となった。次に無表情になった。エゴイストという言葉への受け身がとれなかったようだ。焦点の定まらない視線を私の口元に向けて、わずかに微笑んだ気配。もともと怒っているときでさえ、目はひんやりとして、顔の下半分に意味もない笑みを浮かべている人だった。初めてセックスしたあとも、同じ表情をしていた。喜んでいるのでも冷笑でもなく、あえて言えば満足した顔だった。自分が何をしたのかが理解できていない様子で、柔らかくはあるけれど無責任に緩んでしまった微笑みに、私は傷ついた。

その後セックスのあとで何度か同じ顔を見せた。親が死ぬとか、人生の一大事に臨んでもこの人は、こんな微妙な笑みを浮かべているのだろうと想像したが、そうではなく緊張したときにこんな顔になってしまうのだと、やがて少しずつ解ってきた。けれど馴れることは出来なかった。そんな顔やめて、とも言えなかった。

エゴイスト、という強い言葉は男の本心の深さを測る槍《やり》のようなものだったかもしれない。どこまで刺せば本物の血が噴き出してくるのだろう。刺し貫けば死ぬかもしれない。私の手持ちの言葉としては、男を攻撃するもっとも鋭利な刃物だったけれど、もちろん刺し殺すつもりはなく、ただ手応えが欲しかったのだ。反駁するか怒鳴られるかしたなら、この人の芯《しん》の部分と触れあうことが出来る。

私は自分の不安に苛立《いらだ》っていた。初めてキスし、初めてベッドで交わった男に、何か決定的な実感が欲しくて、愛という言葉がキリキリと自分を痛めたり歓喜を溢れさせたりすることを望んでいたけれど、尋ねれば、うん愛しているよと、オウム返しに応えてはくれたけれど、そのような萎《しな》びた花弁のような言葉が欲しいのではなかった。私の初めての恋にはもっと純粋でキラキラした、私を圧倒する強さが欲しかった。それを求めれば、いつもの困ったような薄い笑いを浮かべて、あなたは激しすぎる、という本音をかすかな息の流れの中で呟《つぶや》いた。

エゴイストという言葉が、私が考えた以上に男を深く刺してしまったのを知ったのは、数ヶ月後だった。男はメキシコに行くと、自分の手元だけに目を据《す》えて言った。大学の先輩からの推薦があり、アステカ族が住む地域でトマトの原種を育成研究したいのだと、決心の固さを思わせる静かで淡々とした口調で言った。それから少し間を置いて、エゴイストだねやっぱり僕は。

……でも、本当に好きだし、これからも好きだし、メキシコに行っても、ずっと好きなんだと思う。

そう付け加えたときもやはり、歪《ゆが》んではいたが、口元にあのだらしない、確信が持てない笑みが浮かんでいた。

私は何も言い返さなかった。私の言葉などで男の気持ちは一切変わらないのが解っていた。私が何を言っても行くのでしょう、だってあなたはエゴイストだから、という言葉も呑み込み、わずかに頷いてみせただけ。

平然とした顔を崩さなかったけれど、私は自分が口にしたエゴイストという五文字に、打ちのめされていた。あの言葉は男の中で、きっとトマトと同じぐらいに大きく増殖し、トマチンという毒を体内に撒き散らしたのだろう。

旅立ちの日は判っていた。いつまでメキシコに居て、いつ帰国するのかは言わなかったし、そのまま別の国に行くつもりかも知れなかった。メキシコから連絡する、ということも約束しなかった。連絡して欲しい、と私は頼まなかった。永遠の別れが待っていた。

出発の二日前、男は私の部屋に来て、いつものように私を抱いた。別れの気配も感慨も全く見せず、私もこれまでと変わらぬ親密さで男を受け入れて燃えた。出ていくとき、またね、と言うかと思ったけれど、その言葉も無かったかわりに、さようならも口にしなかった。私も黙って見送った。

夜行便で故郷に飛び、一日過ごして成田からメキシコに向かうという。

その夜私は、下宿の部屋にじっとしていることが出来なくて、飛行機が飛び立つ時刻まで四谷から市《いち》ヶ《が》谷《や》にかけて中央線沿いの窪地《くぼち》に作られた外濠公園に居た。下宿で一人になるのがなぜか怖くて、半日外をぶらついていたのだ。

あの五文字を口にしなければ男はメキシコに行かなかったのだろうか。そんなはずはない。私の言葉など関係無く、男は行ったのだ。やはりエゴイストなのだ。あの言葉は真実だった。

様々な感情が全身を駆けめぐり、疲れて目を上げたが、厚い雲が垂れ込めて星ひとつ見えない。それどころか雨粒が落ちてきた。部屋の窓を開けたままにしていたのを思い出した。二階の部屋なので、路地から侵入されることはない。そうやって狭い部屋に空気を取り込んでいたけれど、雨だけが気がかりだった。風向きによっては、吹き込んだ雨でベッドが濡れてしまう。

私は急いで坂道を下り下宿へと向かった。あの男はもう飛行機でこの雨空の上を飛んでいるのだろう。

階段を駆け上り部屋に入ると、窓は五十センチも開いたままだったが、運良く濡れてはいなかった。

明かりをつけると、ベッドの上に丸いものが転がっている。雨の音に縛られて動けないまま、じっとその丸いものを見た。まだ半分青いトマトが一個。

窓に駆け寄って路地を見下ろした。人影があるはずもなく、目の下で揺れているのは雨滴を受け止めて音をたてている八つ手だけだ。雨は真っ直ぐに落ちて、黒々とした八つ手の肉厚の葉を叩いていた。

私は首をねじ曲げて夜空を見上げ、それから路地に目をやり、開いていた窓に向かってトマトを投げ入れた男の動きを目で描いた。

窓を開けていなかったなら、そのまま去っていったのか。どんなつもりでトマトを持ってきたのか。もし私が部屋にいたなら、何かが起きたのか。

その答えのすべてが消えて、手の中にトマトが一個残された。鼻を近づけると青ぐさかった。その臭いのせいで、私は思いきり泣いた。雨音に打ちのめされ、泣き疲れた私は、トマトに噛《か》みついた。涙とトマトの汁が私の胸と太股《ふともも》にしたたり落ちる。

もう二度と人を好きになるものか、と未来の自分を噛み砕きながら、けれどきっとまた誰かを好きになり、エゴイストとののしるに違いないと思った。雨は一晩中続き、八つ手の葉は南米のドラムのように鳴り止まなかった。

チャイアウズという小さな港から船頭が小舟を出してくれた。小さなエンジン一つだけのボートは、濃いセルリアンブルーの海面を滑らかに滑った。

トルコのアンタルヤから西に向かって海岸沿いに何時間も車を走らせてきた。いたるところにギリシャ遺跡の石造りの建物。それも半壊であればまだしも、ほとんどは全壊状態だったので、元が競技場だったか門だったかあるいは墓地だったかも見当がつかなかった。大小の石塊《いしくれ》が転がっている間を山羊が草を食むだけの、おそろしく単調な景色を見ながら走ってきてチャイアウズに着いたのだ。

地中海の水は、遠く水平線まで見通していた時より遥かに濃く深々と透明で、何より冷たそうだった。

海から切り立つ岩の壁を右手に見ながら一時間もボートを走らせると、断崖《だんがい》に這い上るように家が作られた村が見えてきた。カシュだ。カシュは岩山を越える道がなく、海からしか辿《たど》り着けない。

「カシュより」というひと言が最後に書かれたハガキを、十通以上受け取っていた。発信人は短くても一年はこの村で暮らしたのが判っている。ハガキが届かなくなったのは日本に戻ってきたからだろうと思っていたが、別の知人によると、カシュの沖合でダイビング中に死んだという。

彼女ね、カシュのすぐ沖合のケコワ島こそ水中考古学者の究極の憧《あこが》れの場所だって言ってたよ。毎日潜って古代リキア王国時代の街で遊んでいるんだって。でも食べ物がパンとオリーブばかりで、チーズも時々しか口に入らないって。それだけが不満なんだって。

私はそれを聞いたとき、胸の芯が冷え冷えと固くなった。彼女は新しい恋を見つけるつもりはなく、懐かしい故郷に戻るのでもなく、日本人が訪ねてくることもないこの最果ての地で、唯一の趣味だったダイビングで水中の古代遺跡に潜っているのだ。私へのハガキには、ダイビング用のタンクは電気が通じているチャイアウズで充電してもらい、ボートで運んでくると書いてあった。そのときパンとチーズを一緒に持って来てもらう。オリーブは家の片隅を借りている人が恵んでくれているのだと。

夜は真っ暗闇《くらやみ》です。でも空は星砂を撒いたほど白い。

このハガキに返事を書いても届かないから書かないでください。私のハガキは船頭に頼んでチャイアウズから出してもらっています。

一方的に届くハガキが、私の胸にどんな痛みをもたらすのか、あるいはもたらさないのかを、彼女は知りたくなかったのだろう。あの男については全く触れられていなかった。あの男と私がその後どうなったか、続いているのか終わったのかさえ、尋ねることはなかった。男を奪った私を責める言葉が全く無い、淡々と日常が書かれた一枚の「カシュより」のハガキに怯《おび》えた。彼女は良く知って居たのだ。私を一番こらしめ参らせる方法を。

カシュの港は、舟を出したチャイアウズよりもっと簡素で、石を積み上げて囲っただけに見えた。船頭は舫《もや》い綱《づな》を飛び出した岩にくくりつけ、荷物を下ろすのを手伝った。

ごくわずかな英語の単語しか通じないけれど、この村で暮らした日本人女性のことは覚えていた。多分この船頭が彼女のダイビング用タンクを運んだのだろう。船頭は身振りで、港から二〇〇メートルの海に頭を出したケコワ島とこのカシュは、二千年前の大きい地震が来る前は繋《つな》がっていたのだと、すでにハガキに書かれていたことを説明した。港とケコワ島の間には、古代王国のあらゆる設備をそなえた街並みがあったけれど、一晩のうちに沈下したのだ。

地中海はプランクトンなどの有機物質が少ないのと、当時の街が石で出来ていたのと水温が低いせいで、今もそっくりそのまま在るのよ。

私は彼女が片隅を借りていた家で水着に着替えた。それは家というより岩壁にあいた横穴を利用し、屋根と柱を取り付けただけの小屋だった。家の囲いはトタン板と布だ。その中にテーブルと椅子《いす》が置かれている。

港の岩を乗り越えて海に入ると、波ひとつなく穏やかで、紺色のビロードの上に胸と腹を乗せている感じがした。泳ぎだしてすぐに、シュノーケルのマスクに途方も無い景色が飛び込んできた。灰色や薄茶色の列柱が遥か遠くまで続いていて、その左右に広がる通りさえくっきりと見渡せる。カタチを保っている建物や崩れた岩の間を灰色の小魚がゼリーのように揺らめきながら泳いでいた。

なんてすごい景色……数千年も昔の街を私はいま、空中から見下ろしているんだわ。彼女のハガキに書かれていたのは本当だった。

わずかに足を動かすだけで、滑空する鳥のように眼下の景色が動く。

島の方向へ向かうと、半円形の劇場が、階段の一つ一つまでくっきりと見えてきた。地上では崩落する石も、水中では昔のまま在る。透明度が高くて手で触れることが出来そうな近さに見えるが、列柱のてっぺんや建物の屋根とは距離があり、すべては波がえぐることの出来ない深さに在るのだ。

劇場の中心広場に、人影がある。私を見上げて手を振っていた。

私は潜ることにした。そのために来たのだ。

方法は簡単だ。列柱のてっぺんまで全力で潜り摑《つか》まる。ダイビングギアが無くても大丈夫そうだと判断した。これほどの透明度なら列柱を見失う心配も無かった。

私は身体をくの字に曲げて頭からダイブし、その勢いで伸ばした足を思い切り動かした。たちまち列柱の上部まで辿り着いた。

まずは列柱の上部を飾る西洋アザミの彫刻に手をかけ、それからゆっくりと下に向かって手を伸ばし、引き寄せる。それを何度か繰り返していると、地面が少しずつ近づいてきた。

ひらりと降り立ったのは神殿跡で、さてそこから先ほどの劇場までどうやって行けば良いのか。確か列柱が連なった道を真っ直ぐ行くと劇場に突き当たるはずだと、俯瞰《ふかん》した記憶を思い出した。

魚と一緒のスピードで移動する。案外ラクに進むことができた。時々上を見ると、遥か遠くの海面は波が無かったはずなのに、ゆるゆると動いていた。太陽が在る場所から、斜めの真っ直ぐな光が射し込んでいる。

劇場跡にやってくると、そこは広々と明るく、階段やテラスの石の隙間にブーゲンビリアが煉瓦《れんが》色の花を咲かせていた。深い海でなければ、きっと燃えるような深紅色をしているだろう。

「来たわ」

と私が言うと、彼女は真っ白いスカートをゆらめかせて、あどけない笑顔になった。

「こんなところまで、一人で来てくれたのね」

「謝りに来たわけではありません」

「解ってるわ。青春には間違いが起こるものだから」

あれは間違いではなく、当然の成り行きだったと反論したいのをぐっとこらえて言った。

「……でもあの男とは、あれからすぐに別れたの。あなた、何も訊かなかったから言わなかったけどね」

「私がカシュに来たことと、彼と別れたこと、関係ある？」

「ありませんね、全くない。あなたのカシュは私の人生に何も影響を与えなかった」

「そう」

彼女は少し不満顔になり、私の言ったことを半ば疑い、そしてどうでも良い顔になった。

気怠《けだる》そうに妙にのびのびとして、それでいて幼さを残した表情は、彼女をこれまでになく魅力的に見せた。それは私が一番好きな彼女だった。

「そうそう、お土産を持って来たのよ。あなた、パンとオリーブと、ときどきチーズを食べるだけで、野菜が何も無い、って書いてきたよね。ほらこれ、きっとあなたが一番食べたいものだと思ってね、このトマト」

私は懐から三つのトマトを取り出した。その一つを彼女に渡すと、嬉しそうに受け取り、無邪気にかぶりついた。私も一つを食む。あとの一つも彼女に食べさせるつもりだったが、手先がうまく動かなくて、水中をゆらゆら動いていたトマトは、二人の顔の高さからたちまち離れて浮上を始めた。

「……あの一個は、彼にあげましょう」

と彼女が言った。

「そうね、あの一個は彼のために」

と私も口を揃《そろ》えた。すると彼女は、この時を待っていたように、遠ざかるトマトを見上げながら呟いた。

「……あの人、このカシュまで来たのよ。そのとき、あなたと別れた話もしてくれたわ。握力の強い女はもう、こりごりだって言ってたわ」

目の前が真っ白に変わる。そんなはずはない、彼がカシュまで来たなんて嘘《うそ》だ。

私は自分が呼吸を忘れているのを思い出し、息苦しさに身もだえた。二人とも、食べかけのトマトを手に持ったまま、それでもむりやり鋭い笑顔を作って、見つめ合った。

「おばあちゃん、またそんなところに蹲《うずくま》ってるの？　台風が来てるのよ。すごい風だって。そこに居ると死んじゃうよ」

空から降ってきた妖精《ようせい》のような白い少女が、風に飛ばされそうな声で言う。

「良いんだよここで。私の行く先はこのトマトの木の下なんだから、いま一生懸命、あの世に向かって歩いているところなんだよ。邪魔しないでおくれ」

「またそんなこと言ってる……お母さんに叱られるよ。おばあちゃん……ああ、寝っ転がっちゃった」

「そっとしといておくれよ、ここが一番息がしやすい場所なんだからね」

真夏の炎天が急に厚い雲に覆われたのは感じている。今日は朝から三十五度を超えていた。台風が来る前のフェーン現象だとテレビで言っていた。けれどこの場所だけは守られていて心地良い風も吹き抜けている。この世で一番安全でラクな場所なのだ。

この庭は全部私のもので、もう何十年も私が自由に使っている。家族は「おばあちゃんのトマトの林」と呼んでいる。

トマトの苗を五十センチ間隔で二列に植え付け、アーチを八本立てた。そのときだけは家族が手伝ってくれた。夏には緑のトンネルが出来た。アーチの中から見上げれば赤い実が星のように光っている。八月には毎日十個ものトマトが収穫できる。家族はトマトピューレを作ったり干しトマトにして洋風な料理に使っている。みんなが甘いトマトを待っているのを知っているけれど、私が育てたいのは、遠い昔子供のころに齧《かじ》って食べた、あの青ぐさい香りのトマトだ。そのためには特別の肥料がいる。私だけの秘密の肥料。

ここまでにするのは大変だ。ヘチマやハヤトウリは支柱に絡みつく蔓《つる》をもっているのでほうっておいても這い上るけれど、トマトは蔓性の野菜ではないから、脇芽を摘み、先端を誘引しながら高い場所まで這い上らせる。

それだけではない、最近は受粉を促す薬液もあり、ここぞという開花日をねらってスプレーしなくてはならない。子を宿しなさいよ、しっかり実をつけなさいよ、と念じながら振りかけるとき、私は数十年昔の若かった日々を思い出す。

最近は思い出す出来事の数も減り、そのかわり脳みそに残る記憶は以前よりくっきりしてきた。誰かが取捨選択しているらしい。選ばれた記憶が大事なものかどうかは自分でも判らない。記憶にも運があるのだろう。運良く一度思い出してもらえば、何度も再生され磨かれて、ずんと重たい意味を持ってくるけれど、記憶から消え去った出来事の方が、人生の意味は大きかったのかも知れない。

八本のアーチに誘引された左右十六本のトマトは、天井の真ん中でぶつかり合い、さらに先端を伸ばして横へと這っていくので、見上げる天井は日々葉陰を濃くし、いまやほとんど空が見えないほどに繁った。私はもう、誰にも邪魔されない空間をトマトの木で作り上げたのだ。その下で寝そべって何が悪い。

毎年のことだが台風の直撃を受ければ、折角《せっかく》付いた花や実、生き生きと繁った葉が吹き千切られる。さすがに根まで引き抜かれることはないけれど、地中に埋めたアーチが倒されでもしたら、元のトンネルに回復するのは難しい。だから台風が来ると判れば、実ったトマトは全部収穫しなくてはならない。

「……おばあちゃん、トマトの下で寝ているよ」

とヒソヒソ声がする。ほっておきなさい、と言っているのは女の子の母親だ。

「おばあちゃん、トマトを取り込むときは手伝うから言ってね。夕方から暴風雨圏に入るんだってよ」

みんな私が育てたトマトだということを忘れている。このままトマトたちと一緒に、風に飛ばされてもいい、と思っていることも知らない。

芽が伸びるたび、本芽を伸ばすために脇芽を摘むけれど、時には間違って本芽を摘んでしまった。仕方無く脇芽を育てた。間違いは取り戻せないのだから、出来ることを精一杯やるしかない。根元から風で折られてしまったこともある。その時は万事休すで私も死んだと思った。けれど息だけは出来た。酸素が身体をひたひたとめぐり始め、その不穏な感覚に耐えていると、茎の横から静かにひっそりと、新しい芽が生まれ出て、いのちが繋がっているのを知った。

そうやって今がある、あの女の子も存在している。世界が続いてきた。

「……もう知らないよ……頑固ババア！　お隣の屋根瓦《がわら》が飛んで来たって知らないから」

返事をしないでいれば、きっと死んだと思うだろう。どうせ半分は死んでいる。女の子はお母さんに言いつけるために家の中に入っていった。

背中にじんわりと染みてくる土が心地良い。いつかそのうち、いやもうすぐ、この土に還る。火で焼かれるのはまっぴらだ。このままずぶずぶと沈んでいけば、トマトの根は私の全身をくすぐるだろう。蝶《ちょう》や蟬《せみ》や名前も知らない昆虫の幼い姿を横目で見ながら、深く深く沈んで行きたい。

けれどまだ私は土の上に居る。

女の子の母親が出てきた。

「おばあちゃん、みんなに心配かけないでよね。聞こえた？」

「……聞こえてますよ……煩《うるさ》いわね」

「気温三十五度ですよ、そのままそこで眠ったら、熱中症で死んじゃいますよ。早く家に入ってくださいね」

みんな呆《あき》れて離れていく。いつもそうだ。私は頑固な老人で、トマトを植え付ける時期や肥料をやるタイミングは空の色や風の匂いで解るのに、今日が何月何日で、何曜日かも解らないのが不思議だと話している。どうでも良いことは忘れてしまい、大事なことだけを覚えていて、その大事なことをきちんと実行しているのだから、ほっておいてくれ。

おばあちゃん、九時十分の時計を描いてみて、と言われて適当に描いたとき、みんながぞっとした顔で黙った。その気になれば九時十分だって十時八十分だって描くことができる。でもそんなこと、どうでも良いことなんだ。

気温三十五度も間違いだ。重なったトマトの葉で空からの熱も濾過《ろか》されて、私の身体の上ではたかだか三十度ぐらい。背中は土で冷やされている。目を開けると葉が風で揺れて、隙間からガラスの粉みたいに灰色に砕かれた雲が、私の身体の上に繰り返し撒かれている。粉には何か特別のものが混じっている。少しばかり強まってきた風が、かえって心地良い。

撒き散らされているのはトマチンだろうか。このトマトたちはアルカロイド配糖体を思う存分増殖させたアステカの原種なのだから。なぜ私がアステカのトマトを庭で育てているのか、誰も知らない。どうやってそんな苗を手に入れることができ、また次の季節にも空一杯にアーチを作ることが出来るのかも、知らない。私には過去という宝庫があり、乾燥させた記憶がたっぷりと保存されているのを、家族は誰も知らないのだ。

毎年その一つを取り出して、手で揉《も》みほぐし植え付ける。するとアステカの遺伝情報を持つ種が夜中の深い時刻に目を覚まし、明くる朝には芽吹いている。トマトという野菜は逞《たくま》しい。

けれどそれだけでは、天蓋《てんがい》のように空を覆うまでにはならない。毎日の手入れと肥料が大事になる。いま、寝そべって見上げる目にぼってりとぶら下がり、強まってきた風に揺れている実だって、欠かさず栄養を与えた結果なのだ。この大きさになるまで、私は溢れるほどの心血を注いだのだから。

さて、今日はどの肥料にしようかな。

台風に負けない力持ちの男が良いな。ということは、万年負け続けている大学野球の投手が相応《ふさわ》しい。肩と脇腹の筋肉は並外れて固く、日に焼けて土と同じ色になっていた。その筋肉をカンナで削る。悲鳴をあげて逃げる男を追いかける。追いかける私も逃げる男も半分笑い、残りの半分は泣きべそをかいている。ついに取り押さえて粉砕器にかけると、男らしい匂いを振りまきながら、参った参ったと朽ちた葉を手で揉んだような、焦げ茶色の粉になった。それだけでは足りなかった。五十代で死んでしまった税理士は、白い頬とすっきりと通った鼻筋を持っていた。私の胸でもだえるとき、ショウガせんべいを割ったときのような香ばしい息をしていた。それが快楽の一瞬に、湿ったスルメのような匂いに変わった。

ショウガもスルメも全部粉にしてしまえば良い。白い頬と鼻筋から順番に、粉砕器に押し込んだ。彼はすでに死者らしく、抵抗もせずに粉になった。

あの子供のころに食べた青ぐさいトマト、齧った瞬間全身から年齢の汚れを吹き飛ばし生命の鮮やかさを思い出させてくれる原初の野菜を作るには、もう一人ぐらい肥料が必要だろう。

カシュの男にするか。それともメキシコに行った男が良いかな。メキシコの男はいまだにトマトの苗木を送ってくれるので、もう少しこのままにしておこうか。

台風なんてもう、ちっとも怖くありません。

蜜蜂とバッタ

1

私はいま、ひどく疲れている。豪雨と熱暑が繰り返されるなか、肌に絡みつく湿気が胸の谷間をじっとりと濡《ぬ》らす汗に耐えている。それでもクーラーを入れずにあの時を思い出しているのは、涼風を浴びれば、この不快感とともに、私を甘く腐った匂いで包んでいる記憶までが、どこかに吹き散らされてしまいそうだから。

私はいま、三十年も昔のベネチアにいる。ヴァポレットという水上バスでサン・マルコから リド島に渡ったところだ。夏の終わりの、逃げ場のない蒸し暑さと水の匂いが、船着き場の舫《もや》い綱《づな》のように私に絡みつき、そのために時々息を止めてしまうので、私の肺や心臓はいつもの半分しか働いてくれない。

あの人の名前は、三十年経ったいま、苗字しか思い出せない。日本中どこにでもある、平凡な苗字だ。その苗字は私との間で使われるのはまれで、第三者がいる場合にだけやむをえず苗字で呼び合った。そして二人きりの秘密の時間においてはファーストネームを略したYさんと呼んでいた。

Yさん。その由来となった元の名前が何だったか思い出せないなんて、どうしたことだろう。格式張った漢字二文字が並んでいた気がする。私の記憶が壊れてしまったのか、それとも元の名前など消えてしまうほど愛称が強く濃く厚く、記憶の上にのさばってしまったということか。

三十年も昔、というのは間違いない。なぜならその数年前に、ビスコンティが監督した映画「ベニスに死す」が公開されていて、映画で使われたマーラーの交響曲五番のアダージェットのCDがYさんから贈られてきた、それがすべての始まりだったからだ。

男と女の関わりには、結婚に続く建設的な繋《つな》がりでなければ、必ず終わりがある。生命に終わりがあるように、恋愛も永遠には続かない。終えなくてはならない関係もある。

それが解っていながら、その時を少しでも先に追いやりつつ、喜びと甘い苦悩に溺《おぼ》れる。

終わりが約束されているからこそ成立している恋愛もあるのだ。

私とYさんも、そのような成り行きを覚悟しつつ一方で、はかない目的を持ってもいたのだった。その目的を達成しないうちは、この恋を終えることなど出来ない、けれどその目的は、そう簡単には叶《かな》わないのだから、私たちの恋愛も終わることはないのだと。

リド島。私とYさんを結びつけた「ベニスに死す」の舞台となったあの島に行きたい。二人であの浜辺を歩きたい。

もちろんこの映画は、トーマス・マンの原作に基づいて作られた名作。美の追求者であり同性愛者でもあるビスコンティ監督にとって、この原作は強烈に創作意欲に駆られる小説だったに違いなく、原作では作家だった主人公を音楽家に置き換えたとはいえ、原作のテーマである「哀しくも切ない、甘美な死」は見事に守られ、映画は大成功をおさめたのだった。監督の代表作になったのは当然のことだ。

映画の中のリド島は、どこまでも続く長いビーチに着替え用の小屋が並び、ヨーロッパの裕福な人々が宿泊するホテルがビーチの背後に瀟洒《しょうしゃ》な姿を横たえている。

男たちはパナマ帽をかぶりステッキを手に歩く。婦人たちは日傘を片手に長い裾を風に任せながら、柔らかな足取りで散歩する。胸まである水着を着た少年少女も、この優雅なひとときをありふれた日常の一コマのように楽しんでいる。

年老いた音楽家アッシェンバッハは、ポーランドから家族連れで来ている美しい少年タージオに恋をする。そしてその叶わぬ恋に殉じて、彼はビーチデッキに腰を下ろしたまま浜辺で死んで行くのだ。

疫病がシロッコと呼ばれる南からの風に乗って蔓延《まんえん》する。避暑客たちも次々にリド島を離れて行く。けれど彼はタージオを見ることが出来なくなるのに耐えられなくて、リド島に留まり、命を失う。

潮の満ち干のような嫋々《じょうじょう》たるマーラーの音楽が、天に地に海に満ちて、あの腐臭に満ちた甘美な哀しみを包み込む。

もちろん封切られてすぐにYさんと見た。ドイツリートを口ずさみ、感情を論理で分析しようとしてコントロールできなくなったあげく、それでも破壊に向かう迫力はなく、ただ内向するばかりのYさんにとって、美と死を扱ったこの映画には吸い込まれるような魔力があったようだし、それは私も同じだった。

見終わったとき、少年タージオの美しさを無邪気に言い合い、マーラーの凄《すご》みをたたえ、まるで黒い土を掘るスコップの先に、咲き乱れるバラの園を発見したような、無邪気に興奮した会話。あの夜のズキズキと痛む甘い傷を、ベッドでようやく鎮めたあとの解放感と、それでもまだ行き場を失って二人の周りに漂う体熱。

私は蠱惑《こわく》的で挑発的な少年の眼差しに嫉妬《しっと》していた。アッシェンバッハでなくとも、タージオの魅力には抗《あらが》えそうになかったので。

早晩死ぬのであれば、美しい恋人をこの世の最後の見納めにしたい。たとえその感情が背徳であったとしても、命を賭《か》けるに値する美なのだ。

悲劇どころか、選ばれた感性の人間だけに許された特権的な死ではないのか。

その夜、ベッドの中のYさんのアタマにはタージオのしなやかな姿態が横たわっていたかも知れず、私の想念のなかでもタージオの扇情的な眼差しが動いていたのは確かで、であれば私もYさんも、アッシェンバッハもタージオもすべて、背徳の共犯者だったことになる。

やがて二人でベネチアのリド島に行きたい、行かねばならない、何としてもと思い詰めるようになった。

必要に駆られた願望というより、紙に書かれた夢のように現実的でなかったからこそ、夢は色あせることなく二人の間で共有することが出来た。

もしもリド島に行くことが出来たら、それでもう終わりにしてもいいわね、満足してサヨナラって言えるわ、私。

冗談まじりに言い合った。とりわけ私はこの夢を、催淫剤《さいいんざい》のように自分に振りかけた。

けれど、叶わないと思っていたことが、あるとき叶ったのだ。叶えるものか、という強い意志が無ければ、叶ってしまうことも在るのだ。言葉にはそれほどの魔力が宿っているのである。

リド島行きが叶うと解ったとき、別れは心の奥深くに封印された。宝くじが当たったように素直に、訪れた機会を喜んだ。Yさんはウィーン出張を利用して、リド島行きを計画したのだ。地図で見れば、ウィーンとベネチアは日帰りも可能な距離にあった。

三十年前のベネチアと言えば、すでに誰もが知る水の都であり、建物も広場も水路や橋も、現在の風景とさほどの違いはなかったけれど、そこからわずかに海を渡ったリド島は、今とはまるきりかけ離れていて、船着き場の広場はどことなく閑散としていたし、島を南北に横断する広い道も、舗装されていたかどうか。白い土が剝《む》き出しになっていたような記憶がある。

左右に草原や砂地が覗《のぞ》き、道のあちこちには雑草が伸びて、確かに店舗やレストランらしきものは在ったけれど、トーマス・マンがこの島を訪れた時代の、モノクロ写真に収められたわびしく鄙《ひな》びた匂いを残していた。

つまり景色のすべてが洗練とは遠く、建物も樹木も冴《さ》えなかったし、ホテルの数も少なく、ベネチアの中心地サン・マルコから渡って来てみると、その落差はいよいよ大きかった。目にするすべてが殺風景にも味気なくも感じられるのだった。

同時にほっと安らぐこともできた。何しろ膨大な数の杭の上に人工的に作られたベネチアの街のなかでこの島は、砂で出来ていたのだから。

風や波のせいで吹き溜《だ》まった砂が固まり、砂州を作ったのがリド島。地図で見ると白い浜辺が細長く伸びているので良くわかる。島の成り立ちだけでも、ベネチアのなかでは特別だったのである。

Ｙさんの背丈は思い出すことが出来る。私の頭がＹさんの肩より少し高い位置にあり、それはハイヒールを履いてもスニーカーを履いても、不思議なことに同じ高さだった。並んで歩くとき、私はいつもより早く足を動かさなくてはならず、もちろん日本の街で並んで歩くことなど無かったので、そんなこともベネチアに来てからの発見だったけれど。

広い道を歩いて、船着き場とは反対側の海に出た。ずいぶん長く歩いた気がするのは、その先が行き止まりになっているのを知っていたので、なるべく時間をかけて辿《たど》り着こうとしたからだ。

辿り着けばすべてが終わる。そんな風に考えることで、このいっときを特別のものにしたかった。終わるからこそ、永遠のものだと心に刻むことが可能になる。無理矢理作った高揚だったかも知れない。

たしかに幸せだった。恋愛の感情は、どんなに苦しくとも幸せなのだ。これで終わり、という痛切な甘苦しさは、映画の舞台に入り込めた浮遊感でさらに高められ、トーマス・マンもビスコンティもアッシェンバッハもタージオもこの道を歩いたと思うと、気持ちはさらに熱を帯びた。

あの時あの道を、Yさんと手を繋いで歩いただろうか。それとも腕を組んでいただろうか。深く落ち込んだ午後の、薄い紫色に覆い尽くされた空の下、あの砂浜に向かって歩いたのは確かなのだが。

映画の舞台となったホテルは暗いアイボリー色に沈み込んではいたものの、それがまた海岸沿いに植えられたアドリア海特有の、灰緑色の枝を広げる松に似合っていて、海も空も、それらを繋ぐ砂浜も、一日の疲れと季節の倦怠《けんたい》を吸い込んで静かだった。

私とYさんは人気の無い浜辺に腰を下ろし、何枚もの布を押し広げて迫ってくるような平らな波を、至福の思いで見詰めていた。

「ついに来ましたよ」

と私が言うと、

「本当にこの場所だったのかなあ」

とYさんは、背後のホテルを振り仰ぎ、どうも違う気がする、と言った。

「いえ、このホテルよ、間違いないわ」

私は確信ありげに言ったけれど、その実自信はなかった。というのも、映画ではホテルと浜辺はそのまま繋がっていて、ホテルから水着で走り出して来る滞在客が映し出されていたような気がするけれど、目にするホテルは海岸通りと呼べる道を一本挟んでいるし、その通りを車だって走ることが出来るのだ。砂浜を避けて散歩する人間も見受けられた。

何かおかしい。映画の場面とは違う、と私も気付いたのだが、口に出来ない。だって映画のあの場面に辿り着くためにこのリド島までやって来たのだから。はるばるここまで来たのだから。おびただしい願望を重ねて今この時があるのだから。

ホテルは映画の中のホテルでなくてはならなかった。

「間違いなく、このホテルが使われたのよ」

私はYさんの手をとり、引き寄せて言う。

「違うよたぶん、映画だからそこだけ別の場所で撮影したんじゃないかな」

「いえ、こんな感じだった。たしかにこのホテルだった」

私は言いつのった。そしてYさんを黙らせた。そんなことどうでも良いじゃないか、という言葉が、気配となってYさんの全身から溢《あふ》れ出した。

私は少しばかり身体を離し、この人はなぜ、これまでの思いの塊、煮詰まった願いを平気で壊してしまえるのだろうかと、急に不可解な心地になった。あれほど、アッシェンバッハが背徳の愛に殉じて死を迎えたビーチに行きたいと言い続け、その願いが叶うなら別れも仕方ない、どこかで終わる愛なら、あのアッシェンバッハのように、自分の気持ちを貫いて終えたい、と思い続けてここまで来たのに、なぜ映画の中のホテルとは違うなどと言い出すのだろう。それはルール違反というもの。

煮詰まった願いはこの人でなく私だけだったのかも知れない、という思いを、口から取り出さないまま呑《の》み込んだ。

「……けれどこのビーチは、映画で使われたままだよ」

そうではない、何もかもが映画の舞台でなくてはならないのだ。

Yさんは沈黙の中で不穏な溜息《ためいき》をつく私を、初めて見る生きもののように覗き込み、小首を傾げ手を伸ばしながら言う。

「どうしたの？」

「なぜこのホテルでは駄目なの？」

「このホテルがモデルとして使われたのは、間違いないよ」

「モデルでは駄目なの。そっくりこのままでなくては駄目なの」

「……駄々っ子だね」

Ｙさんは私を抱き寄せてキスした。こうやって騙《だま》されてきた、ごまかされて来た瞬間が山ほどあったのを思い出した。

私はＹさんを振り払って走り出した。途中でサンダルが脱げ、サンダルとともに何かが身体から脱げ落ちてしまった。

波打ち際まで辿り着くと、アドリア海の塩水に足を浸した。思いの外冷たい。Ｙさんなんて死んじまえ、と思った。するすると笑顔が戻ってきて、

「いま、Ｙさん死んじまえ、って心で叫んだんだけど、聞こえた？」

と振り返って大声で言った。

「もっといろいろ言ったらいいよ」

「そうね、何でも言えそうよ。Ｙさん離婚しちまえ！　Ｙさんがこれまで好きになった女、全部死んじまえ！　貧乏になってのたれ死にしちまえ！　……あと、何があるかな」

「何か思いつかない？」

「まだあるある。右の人差し指、サメに喰われて無くなっちまえ」

沢山の快楽を作り出したのだから、死ぬほどの痛みも仕方ないのだ。

「サメはイヤだな」

「ついでにあそこも喰われちまえ！」

「……きっと喰わないよ」

「アドリア海って、サメいるの？」

「いるんじゃないかな？」

「ほら、そんなどっちでも良いって言い方、おかしいよ。知らないなら知らないで良いから正直にならなくちゃ」

「知らない」

「それが遅いっていうの。責められて、追い詰められてしか、物事を考えない。だからこんなことになってしまった」

　こんなこととは、どんなことかと、言ってしまったあとで考えた。

「Yさん、私と別れるの？」

「そんなこと決めてない」

「だって、目的達成したし、もう他の目的も無さそうだし。あとはもう、崩れるだけでしょ？　家族になるわけじゃないし……アッシェンバッハみたいに、死ぬしかない」

「アッシェンバッハは死んだけど、ダーク・ボガードは生きてるんじゃないの？」

「そういうのらりくらりが駄目なのよ。ベニスに死すんだから、きっぱり死ぬのよ。伝染病にかかって」

シロッコという海からの風は、どんな匂いの風なのだろう。生暖かいのは判るけれど、匂いは見当がつかない。いま吹いている風は、涼やかだ。

「死ぬって、誰が」

「誰だか解らないけど、たぶんYさんです」

「あっちこっちサメに喰われて、好きな人とも別れて、おまけに死ぬのか……ちょっとそれは酷すぎないか？」

「だって何事にも、目的と終わりがあるでしょう。リド島の砂浜って、最終目的地だったじゃない」

「私は決めてないよ」

「じゃあ、これまで散々言ってきたの、何だったたのよ。あそこがお付き合いの最終地だって言ったじゃない」

「こっちにいらっしゃい。そこに立っていると、本当にサメが来るかも知れないよ。そういう美味しそうな人とは、当分別れない」

「話が違う」

「違ってもいいの。まだ別れるのイヤでしょ？」

「もうサヨナラしてもいい。そういう約束だったから、それでいい」

「私、約束してないよ」

「神様との約束」

「どこの神様？」

「ウルサ〜イ！　何よそんな、ちゃぶ台ひっくり返して……物事には摂理があります……始まりがあれば終わりがある……それが摂理」

「解った。解ったからこっちへおいで。当分別れない。サヨナラもない」

「……当分って、何時よ。当分って、今でも来週でも来年でも、全部当分でしょ？」

けれど私は、本心の奥の奥の片隅で、かなり怯《おび》えていたのだ。リド島へ行きたい、と口にしたことで、何と本当に来ることになった。ということは、死ぬのよ、とアドリア海に言い放ったことで、死が現実になるかもしれないと。

二人でホテルまで歩いた。玄関の横にオープンデッキのカフェがあり、もはやお茶を飲む時間を過ぎていてお客はいなかったが、ボーイを呼んでカフェオレを頼んだ。

このホテルは「ベニスに死す」の映画で使われたホテルですよね、とボーイに念を押すと、私の英語が上手く通じなかったのか首を傾げて去っていく。

日が陰り、宿泊客の老人夫婦が部屋に戻っていくのを見ていると、映画のことなどどうでも良くなった。そして、このリド島が我々の恋の最終目的地であることも、あまり意味が無くなってきた。来年はもう、この人と一緒に旅した事が、遠い思い出の一欠片《かけら》になっているかも知れない、そして自分はその切なさから逃げ出すために、無理矢理にでも別の人を好きになっているのではないかという恐れが、砂色のカフェオレの中をぐるぐる回転していた。

ホテルのショップのガラスケースの中に、ベネチアングラスの蜜蜂《みつばち》とバッタを見つけたときは、その小さな愛らしさに子供じみた声をあげ、

「私、蜜蜂を買うから、あなたはバッタを買いなさいよ」

と弾けるように言った。このホテルに来た証拠が欲しかった。あまりに小さくて、すぐに壊れそうなガラス細工は、この砂で出来たあやうい島に、そして私とYさんの関係に似つかわしかった。

リド島から戻り、数年後に私たちは別れた。私は自分の予感通りに、他の人を好きになってYさんを忘れた。

リド島の記憶はどんどん薄れていくのに、体長三センチに満たない蜜蜂は今も、他の旅行の土産物を並べたショーケースの中で生き続けている。

2

三十年もの時間が経って、突然Yさんのバッタが私のもとへ、小箱に入れられて送られてきた。発送者はYさんと同じ苗字で同じ住所。けれどYさんの名前とは違う。おそらくYさんの長男の名前だろう。そんな息子が居たような気がする。

バッタが送られてきた意味は、じわじわと五分もかけて解ってきた。そうか、そうだったのか。

十年前に引っ越した、私の新しい住所に送られてきたということは、私の引っ越した先をYさんは知っていたのか、それともYさんの息子が父親の指示に従い、調べて送ってくれたかだろう。

真綿に埋もれていたバッタは、小箱の中で長い触角を立て、あたりを見回し、ようやく私を発見した。

「お久しぶりですね」

バッタはアッシェンバッハを演じたダーク・ボガードの声で、照れくさそうに言った。

「あなた、そんな声だったっけ？」

私は照れるバッタに言う。どんな声だったか忘れてしまっているのを、少しだけ申し訳なく感じた。けれど三十年とは大変な年月なのだから仕方ない。

「……あのとき、たしかヘンな昆虫と一緒だった気がするんだが」

「ああ、あれは蜜蜂です。ヘンな昆虫だなんて失礼な。リド島からの帰りのウィーンの空港で買った、アウガルテンの小皿の中で、蜜蜂はずっと生きて来たわ」

「アウガルテンの小皿か……」

「直径五センチぐらいの、緑のバラが真ん中に描かれているウィーンらしい小皿……」

「時々、飛びましたか？」

「え？　蜜蜂は飛ばなかったわ。ずっと小皿の中でじっとしていた」

「やはりそうだ。メスは薄情なものだな。その薄情な蜜蜂と僕は、あのホテルのショップで長いこと一緒にいて、口げんかしたり慰めあったりしていた。ベネチアングラスの工芸家が腕を振るって作ったものなんだが、大きさの割には値段が高いし、家に持ち帰るまでに壊れそうだし、このままショップのケースの中で消えゆく運命だねと、やけくその気分で慰めあったものだ。このホテルもやがて潰《つぶ》されるかも知れないし、僕たちもベニスに死すんだねと」

「……たしかにそんな様子だったわ。ガラスケースの中で、もう何年も動かした気配がないほど、ガラス板にはうっすらホコリが溜まっていたし」

「あの蜜蜂は僕にこう言ったんだ。あんたのその長い脚や突きだした触角が購入意欲を削いでしまうのよ。私一匹だと、とっくに売れて、誕生日やクリスマスで人が集まってきたときには、ほらこのガラスの蜜蜂、凄いでしょう? ミニチュア芸術の最高傑作だよねって、虫眼鏡を近づけられたり甘いワインの溜息を吐きかけられてチヤホヤされるはずなのに、そばにヘンテコなバッタがいるせいで、一匹だけでは買いにくくて、私まで一緒に売れ残りになってしまう……」

「そんなことを、蜜蜂が言ったの?」

「まあ、そんなような嫌みなことも言ってましたよ。でも幸運にも中年の曰《いわ》くありげなカップルがそれぞれ買ってくれて、別れ別れになってしまったけれど、時々懐かしくなったのも確かで、どこでどうしているのかなあの生意気なヤツはと……誰か他の人の手に渡ってしまったのかも知れないし、乱暴に扱われて壊れてしまったかもと……」

「いえいえ、ずっとアウガルテンの小皿の中だったわ」

けれど、別の男性に自慢して見せたことぐらいはあったかもしれない。まるで家族旅行でのベネチアのお土産のように、これ可愛いでしょ? などと無邪気に言いながら。

そのとき私の心がちくりと痛んだような気もするし、何も感じなかったかも知れない。

所詮《しょせん》は物でしかなく、物が物以上になるのは、物にまつわる記憶や思いが生きていればこそなのだ。

蜜蜂を見せて自慢した男性が誰であったか、それも思い出せないのが今の私。

あれ以後の出来事を、このバッタに話しても意味がなさそうだ。ただ三十年の時間を飛び越えて、バッタがここに居るのは事実。

「ところで君は、これまでどこにいたの？ Yさんがずっと持っていたのは解るけど」

「……それを話すべきかどうか、バッタにはバッタの良識というものがある」

「でも、こうしていま、送ってこられたのだから、Yさんも君に話して欲しいのだと思うけど」

「それが女の浅はかなところだ」

「え」

「男には男の美学がある。そっと秘めておいて欲しいこともある」

バッタのひと言には、私もぐっと来た。訊《き》いてはならない気もしたが、同時にバッタは話したがっているのではないかとも思う。

「ねえ、君はYさんの家のどこに居たの？」

重ねて訊《たず》ねると、バッタは口をもぞもぞ動かして話し始めた。

「……それはそれは窮屈な場所に、何十年も押し込められていたんだ。オシャレなアウガルテンの小皿のようなものではなかった。鍵が掛かる会社のスチール机の一番下の引き出しに、何やらわけの解らない物が、それでも大事そうに仕舞い込まれていた。たとえば人物の写っていない草地の写真や、どこだか全く見当がつかない川辺のベンチ、汗で汚れたまま長い間に茶色いシミが出来てしまったハンカチ、ほかには石ころが数個。錆《さ》びたスプーンや字が読めないほど古くなったレストランのメニューもあったかな。そんな中に私が入れられた小箱が置かれていた。つまり客観的にはガラクタの中」

「……引き出しの中身、まとめて捨てられなくて良かったわね」

「会社の机が大掃除されたとき、私が入った小箱だけが取り出された。そして消毒された病室の枕元《まくらもと》に移された。枕元の引き出しに入れられたけれど、夜中にこっそり箱から取り出されて、手の平に載せられてじっと見詰められたりした。そのあとでまた、真綿でくるまれ丁寧に小箱に戻されて、枕の下に置かれたことも何度かあった。枕を通して苦しい息づかいが聞こえたとき、この人はそう遠くない将来、死ぬのだと思った。死んだあとはどうなるのだろう。ふとあの蜜蜂のことを考えた。蜜蜂に逢いたいなと思った。もしかしたら死にかかっていた人も同じことを考えていたのかも知れない」

私は立ち上がり、アウガルテンの小皿ごと蜜蜂を持ってきた。わずかに手が震えた。

「ほら、君が逢いたかった蜜蜂よ」

蜜蜂はこの何年も小皿の中で動かなかったので、自分に何が起きたのかが解らず、黒い目できょとんと私を見上げた。オレンジ色の腹部に走る黒い縞模様《しまもよう》と、折りたたんだままだがいつでも開くことが出来る二枚の羽。羽の先端は少し黒い。

バッタを蜜蜂の傍に置いたら、二匹の昆虫は慌てた様子でがさごそと音をたてた。アウガルテンの緑のバラが揺らいだ。

私は二匹を見下ろして声をかけた。

「君たちはガラスだから解らないでしょうが、人間は生身で、身体の中をいろんな物が動いているの。血液やリンパ液と同じに、感情も溶けて流れている。だから感情も疲れるし、死んでしまうことだってあるの。激しく身体を巡っていればいるほど、いつの間にか入れ替わったりもするし、もう駆け巡るのはイヤだと、パタッと止まってしまうことだってある。どんなに努力しても自分の意志ではどうにもならないことがある。ずっと同じではいられない。ずっと同じ相手を好きでいるなんて無理なの。なぜなら人間て、生きているからなの」

バッタは少し冷ややかに脚を動かし、触角でふふんと笑った。

「……それは単なる言い訳でしょう……エクスキューズってヤツですよ」

私は言葉もない。黙っていると、代わりに蜜蜂が声を上げた。

「バッタくん、あんたは昔からそうだったわね。人間というもの、女というものが解ってないのよ。尖《とが》った顔と長い脚を持っているけど、目は真実を見ていない。先のことは解らないからって口実をつけて、先のことまで見ようとしない。それを女はズルイと感じるのです。そして女は苛立《いらだ》ち、新しい恋を始める。そうですよね？」

蜜蜂は私に同意を求めた。バッタの言う通り、すべては言い訳だと納得し、同時に蜜蜂が言うように、男はズルイとも感じる。

バッタは少し頭《こうべ》を垂れ、情けなさそうに、恥じらいながら、けれど腹部をひくつかせて切実な声で呟《つぶや》いた。

「……男は確かに面倒なことが嫌いで、先のことは先のことだと、すべてを先延ばしにするけれど、その先の方まで来てしまうと、ふと振り返って、深く後悔したり、もっと何かするべきだったかも知れないと無意味な反省にふけったり、いつか再会できたなら別の流れが作れるのではないかなどと、あり得ない希望を持ったりする。つまりいつまでも気持ちを引きずってしまうんだ。そのときになって振り返ってももう、女はどこかに飛び去っていて、昔の男のことなんてまるきり忘れているというのに……」

私は両方の言い分を正しいとしながら、けれど少しばかりバッタを憎んでいる。なぜY

さんはバッタを生かし続けたのか。会社のスチール机の引き出しから持ち帰り、病院にまで連れて行き、手の平に載せたり枕の下に置いたりした。あげく私の手元に送って寄越した。息子にそうさせた。息子も息子だ。父親からどう説明されていたにしろ、握り潰すことも出来たはずだ。何の手紙も同封されていない。ただバッタだけが飛んで来た。

解っているのは、Yさんが素晴らしい息子を持っていたということ。その息子を育てたのは、賢い妻だったということだ。

Yさんは病気で苦しんだのだろうか。バッタに訊いてもバッタは所詮バッタでしかない。けれどYさんのすぐ近くに居たのは確かだ。最期はどんな風だったのか気になる。

バッタは私の思いを察してか背伸びをして私の顔を見上げた。

「やはり、後悔がありそうですね。私がこんな風に時間と空間を飛び越えてやってきたのは迷惑でしたかな。でも、こうなったのは貴女にも原因がある。突然一方的に別れを告げたのは貴女で、そのせいで免疫細胞が少なくなって不治の病気に罹《かか》ったのは、やはり貴女の責任だと言えなくもない」

「とんでもない……責任転嫁というものです。Yさんとのお付き合いは、リド島で終わりになる運命だったし、お互いに別れは了解していたんですもの」

「さあ、それはどうかな。そういうことにしておこうと、とりあえず考えただけかも知れない。男はそうきっぱりとは行かないのを、貴女も知っていたはず。恋愛の体熱を高めるために、ドラマティックに別れを言いつのっていたのが貴女……現にリド島から戻っても続いていたわけですよ関係は……」

「そもそも、病室の枕元の引き出しとかYさんの枕の下とかって、本当なんですか。何かとんでもない妄想、それも自惚《うぬぼ》れが過ぎる妄想かも知れない」

「心が痛みますか、今頃になって」

バッタの皮肉まじりの声に、うまく応じることが出来ない。

これは痛みだろうか。やはり痛みには違いなかった。すべてには終わりがある、という事実以上に、その終わりを忘れることも出来る、という現実に呆然《ぼうぜん》とさせられるし、実際これまで、忘れていたのだ、バッタが飛んでくるまでは。

空気の中の微粒子《びりゅうし》のように、じんわりと肌を刺してくるものがある。そしていま、こうして忘れることに痛みを感じている自分も、この身体とともに消えていくのだろうし、やがてはこの地球上のどこにも存在しなくなるのだ。それでもこのバッタと蜜蜂は、理不尽なことに存在し続けるのだろう。

「……こういうときは、もう一度リド島に行ってみた方が良い」

とバッタが言うと、蜜蜂もその通りだとオレンジ色の腹部を揺すってみせた。

「いえもう、そんなエネルギーはないわ。すべては終わったのだから」

とは言ったものの、私は誘惑と闘っていた。三十年昔のリド島が懐かしい。あのリド島に行けば、Yさんに逢《あ》えて、手を繋ぎどうでも良いことを喋《しゃべ》り合い、「ベニスに死す」の美少年を探したり、マーラーのアダージェットについてあれこれと好きなイメージを繰り広げることが出来るのだろうか。もしそんな事が出来るなら。

そして何より、あの砂浜に並んで腰を下ろし、嫋々と寄せてくる潮に耳を傾け、やがてすべてが無になることを承知で、それでもこの一時《いっとき》が至福なのだと確かめたい。

Yさんに逢う前や別れたあと好きになった人も、私の死とともに消えてしまうのは間違いないけれど、だからこそ、あの時にはまだ確信できなかったことがあり、いまはあの時よりもっと深く、一瞬の価値を味わうことが出来るのだと、あなたに伝えたい。もし叶うなら……

「叶いますよ」

と二匹は同時に言う。

「パソコンを立ち上げましょう」

と蜜蜂が弾んだ声で言うので、私は二匹と一緒にパソコンの前に移動した。パソコンの起動にはさほど時間は掛からない。ポータルサイトが表れる。政治がらみ、芸能記事、災害関係の一行だけのヘッドラインが並んでいる。たった一日、今日だけでこんなにいろんなことが起きているのだ。

「……でもすべて無視しましょう」

二匹の声に賛成する。限られた命の時間を、こんな一行だけのヘッドラインに消費されてたまるものか。

私はグーグルマップを表示し、ベネチア、リド島、の二つの単語を入力して検索をかけた。

俯瞰《ふかん》した地図が現れる。異様に長い島、いや砂州だ。待ちきれずに蜜蜂もバッタも地図の周りを飛び回り始めた。

「……こんな航空写真ではどこに降りれば良いのか判らない。もっと拡大拡大！」

「うん、これでは高度ありすぎです。宇宙から見たリド島なんて、何にも無くて白いだけでつまらない」

蜜蜂も注文をつける。私はリド島の中心が判る程度に拡大しておいて、画面の右下に出番を待っている黄色い人形をカーソルで摑《つか》んで運び、船着き場とおぼしきあたりにポトンと落とした。

その瞬間、画面には見知らぬ街が現れた。バッタと蜜蜂が歓声を上げる。

「そうよ、ここはサン・マルコから来た水上バスが着くところ……あれ？　何か凄くモダンな建物になってるね」

二匹は羽音もかしましく、画面の中の広場を飛び回る。

「真ん前が花のロータリーになってる」

「凄いね、白い花も赤いのもある」

二匹はもう、花の色に捉まったようで、ロータリーを何回も飛び回り、存分に蜜を吸ったようだ。

圧倒されているのは私も同じで、あの当時はもっと寂しかった、ロータリーなど在っただろうかと、途方にくれている。

「こっちですよ、こっち。ほら、グランヴィアレ・サンタ・マリア・エリザベッタって、通りの名前が表示されている。グーグルマップって親切ね。これが島を突っ切る真ん中の通りに間違いないわ」

まず蜜蜂が先導する。慌てて私も追いかけた。通りの先の方に、こちらですよと合図の楕円形《だえんけい》が出現するので、ダブルクリックすれば前へ進める。

あのときYさんと一緒に、この道だろうか、それとももっと南に下ってから島を突っ切るべきか、などと言い合いながら歩いた。長い砂浜は片側にしかないので、そちら側に出なければならないのは確かだった。

道の名前など知らないままだったが、グランヴィアレ・サンタ・マリア・エリザベッタなんてお洒落な名前が付いていたのだ。

道の左側には緑の日除けを下ろしたレストランがあり、しばらく進むと右側に、壁が赤く窓枠が白で扉が緑色の、空中分解しそうなのに妙に調和の取れた建物が現れたが、これも記憶にはない。古くて汚い建物だったのを塗り替えたか、それとも新築したのだろうか。けれどこんなカタチの窓は、昔の建物の特徴のような気もする。

広めの歩道に白いテントを張り出させたカフェには、人の姿もあった。街路樹の葉は夏の終わりか秋の初めで、三十年前のリド島行きも、そんな季節だった。

やがてレストランや店舗は消えて、左右には瀟洒な邸宅の生け垣が現れ、そしてついに島の反対側、つまり砂浜が続く南側に辿り着いたようだ。

蜜蜂とバッタは、時々樹木の枝葉で休みながらも、帰巣本能に任せて海岸通りを右折した。あのときの私とYさんもそうしたが、けれどそのあたりの景色はまるで違う。ヨーロッパの高級リゾートらしく、道路も舗装が行き届き、松が覆い被さる下の、砂浜に降りる場所と決められているらしい木の壁も、きちんと管理されているのがわかる。

これは当時のリド島ではない。けれど同じ通りを飛んでいるのだ。

蜜蜂とバッタは、どんどん先を行き見えなくなってしまった。あんなにエネルギッシュに飛べるということは、よほど懐かしいのだろう。あのホテルを見つけて、ショップのホコリが溜まったガラスケースに戻りたいのだろうか。

私はカーソルを置き、木の壁に作られた扉を開ける。鍵が掛けられているけれど、簡単にすり抜けることができた。

目の前に広い砂浜が広がっている。その向こうに海が弓なりに盛り上がり、視界の端から端まで繋がっていた。夏の終わりの疲れ切った太陽が、それでもまだ力を見せつけて白く光っているけれど、その光が赤く鈍り、オレンジに覆われ、さらにサフランの黄色を残したところで灰紺に呑み込まれるのは、時間の問題だろう。

砂の感触を思い出しながら水際まで歩いていくと、マーラーのアダージェットが足元に寄り添うように湧いてくる。足に触れたとたん、波は泡になって砂に吸い込まれていく。アダージェットに区切りがないように、永遠に続く寄せ波と退き波。

私は遥《はる》か遠くのアドリア海の果てに視線を注ぎながら、それでも背後に人の気配を感じ続けている。昆虫ではなくこれは人の気配。

波から走り逃げるタイミングで振り返った。

予感した通り、そこにはビーチデッキがあり、老いた男が腰掛けていた。まるで私が目に入らない様子で、海を見ている。

私はゆっくりと近づく。彼が誰だかを確かめるために、そしてなぜそこにいるのかを、彼にではなく私自身に確認するために、見慣れたビーチデッキに歩いていく。

私はもう、心に決めている。その男が誰であれ、私は微笑み、愉しかった、ありがとう、とだけ声を掛けるつもりだ。

蚕起食桑

かいこおきてくわをはむ

お蚕《かいこ》さまと人間の歴史は長い。お蚕さまがどこからやってきたかについても、さまざまな説があるけれど、とりあえず中国からであろう。日本書紀にもそれとおぼしき話が記されているし、伝承話にも事欠かない。

継母が継子である娘を疎《うと》んじて、桑《くわ》の大木をくり抜いた筒状のものに入れて海に流したところ、それが日本に流れ着いたとか、別バージョンでは桑の筒が海を渡って流れ着いたのを老夫婦が拾い上げ、筒を割ると中から輝くばかりの幼い姫が現れた、などというのもあり、こうなると竹取物語と桃太郎の、両方の原型にも思えてくる。

美智子上皇后が大事に育てておられたのは小石丸という純国産の蚕で、その糸を科学的に調べたところ、古代布がほぼ同じ蚕の絹で織られていたのが判ったのだとか。皇室とも大変ゆかりの深いお蚕さまである。

蚕が食べるのは桑の葉だけ。だから古代より桑の木は大事にされ、桑畑も日本全国あちこちに広がっていたらしい。

かの菅原道真公《すがわらのみちざね》は大宰府《だざいふ》に左遷された恨みで、死後、雷神となって都人たちを震え上がらせたが、道真公の所領である桑原にはさすがに雷も落ちなかったので、人々は雷鳴がとどろくと、ここは桑原ですよ、クワバラクワバラと唱えて雷が落ちないように祈った。真偽のほどは判らない。

いずれにしても桑の木は、絹を得るためには必要で、古代から大切な樹木だったのは確かなようだ。

現代の話。ある病院の中庭にも、数本の桑の木が一列に植えられている。昨今はお蚕さまの食料というわけではなく、良く繁る枝葉が夏は日陰をつくってくれるからだ。秋にはマルベリーと呼ばれる濃い紫の実がなり、若返り栄養素のアントシアニンも含まれていることから、ジャムなどに加工されたりして女性には人気がある。

殖産のためではなく趣味として蚕を飼う女性も増えているらしい。巨大な芋虫のような身体も、蛾《が》となって繭《まゆ》から出てきた成虫も、蚕好きには白くて優雅、モフモフと高貴に感じられ、この上なく愛おしく思えるのだとか。

そこにはほんの少し憐憫《れんびん》の情も混じっているだろう。太さ〇・〇二ミリの糸を命の限り吐き終えた蚕は、サナギから蚕蛾《かいこが》と呼ばれる成虫となるものの、何も飲まず喰わずで生を終えるのだという。人間に美しい絹の繭を残して。

ある観察者によると、蚕蛾は決して飛ぶことのない白い羽を切なく揺らめかせながら、ホロホロと粉屑《こくず》のように壊れるのだとか。

病院に話を戻そう。

奥まった病棟の二階に目を移すと、白いカーテンを十センチばかり引き、ガラス戸も同じぐらいに開けた小さな窓がある。そのすぐ下には緑の葉を広げた桑の木があり、季節がら枝葉は若緑色に深々と繁っている。

その十センチの隙間《すきま》から空を見上げている少女がいた。

少女は重たそうに首を持ち上げて、白湯《はくとう》のような大気をくぐり抜けて落ちてくる、キラキラした光りの屑を見詰めている。地上に万遍なく降り注ぐ光りの粉が、珍しくてたまらない様子。

それもそのはずで、少女は一週間ぶりに窓を開け、直接光りを浴びたのだ。

少女の名前はさつきという。久々の光線が強すぎたのか目映《まばゆ》くなったさつきは、目をこすりながらガラス戸を閉じたものの、絹のような光りの糸がどこから落ちてくるのか不思議で、内側からそっと光線を辿《たど》っていくのだった。

するとと光りの線が交叉《こうさ》しながら縺《もつ》れあい、微粒子《びりゅうし》を飛ばしあいながら囁《ささや》いている透明な音が、確かに聞こえてきたのだ。

「お、今朝は気分が良いらしいね」

ドクターが、いつものように八の字眉《まゆ》をさらに柔らかく揉《も》みほぐした目で、さつきの側に近づいてきた。

ドクターがこんな甘すぎるドロップのような目で近づいてくるのは、良くない検査結果が出たときだ。いつも何かプレゼントを差し出して、さつきの喜ぶ顔を確かめる。そのあとで、検査結果をさりげなく伝えるのだ。だからさつきも、ドロップのような目には身構えてしまう。

「やっと蚕を手に入れたんだよ。ボクの知り合いが蚕を飼っているって言っただろう？その人に、病院の中庭に桑の木があると言ったんだ。するとその人は、桑の葉っぱを分けて貰《もら》えないかと言うんだ。蚕はいまの時期、凄《すご》い分量の桑の葉を喰うらしい。蚕を一匹分けてくれるなら庭の桑の葉を勝手に取ってもいいと言ったら、交渉成立したわけ。ほらこれを見てごらん」

ドクターの手には、ケーキが数個入るような紙の箱が載っている。

この病棟は、いつもしんと静まっている。数本の桑の木の南側に、円形に花を植えた庭があり、円形の花壇の中央にはゾウが鼻を空に向けた噴水もある。花壇の向こうには、毎日患者が詰めかけて忙しく診療が行われている建物がある。ときどき救急車のサイレンも聞こえてくるのだが、山側に立つこの病棟は、重症の患者ばかりが入院していて、半分は個室になっている。トイレに行ったとき、廊下の一番奥の部屋に看護師が大勢集まって頭を下げているのを見たさつきは、慌ててベッドに戻って何も見なかったふりをした。

さつきがこの部屋に入ったのはほぼ半年前だった。若い入院患者が珍しいのか、看護師たちもドクターも親切で優しく、いつもにこやかな笑顔を浮かべているけれど、そのキビキビとした穏やかさの裏に異様な緊張が仕込まれていることにさつきは気づいていて、大変だな、この病棟で働く人たちは、とまるで他人事のように申し訳なく感じるのだった。

ドクターから手渡された箱を開けると、緑の葉に埋もれるようにして、フカフカの白い虫が動いていた。

蚕はもっと小さい虫だと思っていたさつきは、五センチを超す大きさにちょっと驚いた。その大きさのせいで、虫の気持ち悪さは感じられず、逆に未知の生きもののしなやかさ、大らかさが伝わってきた。蚕は虫に違いないけれど、虫けらではない。厳かな風格がある。この虫が絹糸を吐くという知識のせいか、特別の意思を持って動いているように見えた。

「この蚕ちゃんは、三代目の丸子だって。この子の母親も丸子、お祖母《ばあ》さんも丸子」

「だったらメスですか」

「そうらしい」

「メスだって判るんですか」

「飼っていた人がそう言ったから、きっとメスだよ。明日から桑の葉をたっぷり食べさせなくてはね。手伝ってあげるよ」

「ありがとうございます」

　箱の中をぼんやりと見下ろしているさつきの背中に向かって、生きものがいると楽しいね、とドクターが言った。

　蚕なら飼っても他の入院患者に迷惑はかからない。たぶん自分は、窓の下の桑の葉を取ることはできないだろうが、看護師やドクターが取ってきてくれる。桑の葉を丸子に与え、いっぱい食べて立派な繭を作るのよ、と声を掛けるのだろう。さつきには判っていた。もう、直接さつきに掛ける言葉が無くなってしまったのだ。

　ドクターは丸子の箱を抱いたさつきに、予想したとおりさりげなく、さほど重要でもない事柄のように言った。

「……白血球の数だけどね、やっぱりレベルを超えてた。これからだな、頑張ろうね」

目を伏せたドクターにさつきは、はい頑張ります、と明るく答えた。けれど丸子の箱を枕元《まくらもと》の小机に載せたとたん、立っているのが辛くなってベッドに横たわり、酸素吸入の管を耳に掛ける。

ドクターと入れ替わるように看護師がやってきて、何かあたふたとメモをとって、最後にさつきの胸までブランケットを掛けた。

「良かったわね、蚕が手に入ったんだって？」

苦しくて返事が出来ない。しばらくして、丸子、と言った。

「え？」

さつきの口に耳を寄せて、言葉を受け取ろうとする。

「丸子です、蚕の名前」

必死に力を絞り、一息に言うと、視界が溶けて昏《くら》くなった。

数日後の夜のことだ、さつきが息苦しさで目を覚ますと、どこかで会ったことのある女の子が枕元に立っていた。ベッドに横たわるさつきの顔と同じ高さに顔がある、ということはかなり小さな子らしい。白く柔らかな肌で、顔の周りがぼんやりと明るんでいた。時計がチ・チ・チ・チ、と正確に時を刻んでいる。

「どこから来たの？」

「遠くから」

「どれくらい遠くから？」

「二千年ぐらい」

「窓から入ったの？」

もしかしたら窓を閉め忘れていたかもしれない。けれど女の子はゆっくりと首を横に振った。前髪が水藻のように揺れた。

「名前はあるの？」

「丸子」

そこで初めてさつきは気がついた。

「そうか、お蚕ちゃんか」

「違います、丸子です。これまでも、これからも、何千年も丸子です」

そういえばドクターが言っていた。母親もその母親も丸子なのだと。

「この病院の桑の葉っぱは美味しい？」

「とても美味しい。柔らかくて、食べても食べても、どんどん食べることが出来る。それに……身体の中の命の輪が、どんどん回転して、すごくすごく速くなって、私はもう、次の世に旅立つ支度が出来ました。みんなこの病院の桑の葉のおかげです」

さつきは丸子が言う意味が良く解らないけれど、眠る前に丸子の箱を覗《のぞ》いてみると、桑の葉陰からシュワシュワと、乾いた砂が細く流れるような音がしていた。あれは丸子が桑の葉を食べる音だったのだろう。それとも丸子の身体の中の命の輪が速く回転する音だったのだろうか。

「目を瞑《つむ》ってみて」

と丸子が言い、さつきが目を閉じると、顔の前を柔らかな風が通り抜ける。その中に春の野原の草々のような匂いが混じっていた。

目を開けても良いよ、と言われてさつきがそうすると、周りがすべて遠近のない真緑で、けれどその緑が葉っぱの重なりだと判ってくると、葉の間をくぐり抜けて少しずつ空気が流れているのが感じられた。

「後ろを見てはダメよ」

「どうして?」

「私、ちょっとヘンな恰好《かっこう》になってるから」

そう言われてもさつきは、じっとしてなどいられない。なぜなら久しぶりに身体がラクに動き、肩に力を入れなくても息が胸に入ってきて、このまま緑の海に向かって飛び立てそうに快適なのだから。さつきは嬉しくなって振り向いた。

丸子が居た。丸子の顔があった。けれど丸子の身体は、柔らかなぬいぐるみに入ったように長く伸びている。身長がさつきの倍もありそうだった。

「……沢山食べたからこうなった」

と丸子は申し訳なさそうな顔になり、だらしなく笑った。白い顔の中の丸い目が悪戯《いたずら》を仕掛ける子供のように愛らしく、けれど油断ならない強い意志も秘めている。

「これから大事なお仕事です。見守っててください」

「はい」

さつきは少し緊張したが、この緑一色の世界が気に入ってずっとここに居たかったので、丸子に寄り添ってその長い背中を撫《な》でてみた。丸子はくすぐったそうに、けれど満足した安らぎを浮かべて、さつきに頰《ほお》ずりした。

顔を離すと、丸子の口が奇妙に曲がり、そこから液体のような透明な糸がつつっと零《こぼ》れ落ちた。いつの間にか周囲の緑が、夜明け前の薄明かりほどの灰色に変わっている。丸子はしきりに自分の口に手をやり、その手の先を透明な空気の中に一つ一つ置いていくのだ。それはもう完成された舞踏のようにしなやかで、神に捧げ物をする姿にも見える、規則正しく優雅な動きだった。

「私も手伝う」

さつきも、丸子の口に手を添えると、そっと引っ張るようにして丸子が置いた一点にくっつけていく。こんなに楽しい遊びがあるだろうか。丸子も、自分と同じ動きで両手に糸を受けては世界と二人を隔《へだ》てる膜を作っていくさつきの協力が、嬉しくてたまらない様子なのだ。

丸子はくねくねと上手に身体を回転させる。さつきも真似て身体を躍《おど》らせた。一本の、ほとんど透明な亜麻色の液体が、たちまち光りの糸になり、二人を取り巻く薄い色の膜を作っていった。

さつきは気がついている。丸子が少しずつ痩《や》せて全身が硬くなっていくのを。

「辛くない？」

と訊《たず》ねたが、もう返事をしない。ついに倒れ伏して、うっすらと目を開けてさつきを見る。その手が伸びてきたのでさつきが摑《つか》むと、二人は身体を寄せたまま転がって天井を見上げた。明るいベージュの膜を通して、少しだけ外界の光りが透けて見える。

「これ、全部丸子が作ったのね」

「……一緒に作ってくれた。嬉しい」

「こんな優しい場所に連れてきてくれてありがとう」

「一人で作ると、小さな空間になってしまうけど、二人で作ると、この宇宙がふつうより

ちょっとだけ大きくなる。玉繭、って言うんだって。玉のように完璧《かんぺき》で大きくて美しくて
……私たち特別」

「だったら」

「そう、このままここにじっとして、宇宙の大きさを感じていれば良いの」

「丸子はそのために、私を連れてきたの？」

「そうよ。二人で一緒に作ったこの黄蘗色《きはだいろ》の空を、永遠に眺めていましょう……ね、身体が硬くなってくる感じがするでしょ？」

そう言われてみると、丸子と繋《つな》いだ手も肩も首も、石膏《せっこう》を流したように強ばっていく。

けれどそれが痛くも辛くもない。

「ねえ、外側で何か声がするわ」

「そうね、誰かが何か言ってるわね」

二人で耳を澄ますと、女の声と男の声が順番に、寄せる波のように伝わってきた。

……亡くなってます……

「……ねえ、亡くなる、って、どういう意味？」

さつきが丸子に囁くと、

「……良く判らないけど、幸福、って意味じゃないの？」

「そうね、幸福、って意味なのね。私たち、幸福なのね」

さつきはもう、言葉の意味など考えずに、ただうっとりと呟《つぶや》き目を閉じる。すると全身がホロホロと心地良くなった。

タンパク

身体が弱っている、と感じるときにだけ吹いてくる風がある。

風には独特の香りがあり、何かの花を思いだすのだが、それが何の花かははっきりとしない。金木犀《きんもくせい》のような水仙のような、けれどどちらとも違う、やわらかな芯《しん》のある香りが、ともかく甘くて心地良い。

風の元は判っていて、丘の上の掘っ立て小屋のような、しまりの無い、今にも溶けそうな家の中から流れ落ちてくる。

かなり遠い場所なのだが、風はその家からあっという間にやってくるようだ。ごくたまに秒速十メートルほどの勢いで来るけれど、大体はそよ風より少し強い程度で、正面で受けとめても身体が倒されるほどではない。ただ心地良いとは言え、身がぞわぞわと粟立《あわだ》ち、胸のあたりに生えたウロコが逆撫《さかな》でされるような、ちょっとイヤな感覚もある。

そうなると私は、疲れた身体で坂を上り、その家までタンパクを買いに行くしかない。このタンパクは必須アミノ酸が凝縮されたものなので、食べれば弱っている身体も勢いづくし、あのぞわぞわ感も治まる。

台所で小松菜とリンゴと水をミキサーにかける。そのままごくごくと飲み干し、気合いを入れてみたけれど、やはりこれでは足りないのだとあらためて解る。

そろそろあの丘の家に行く時期が来たらしい。

身支度を終え、家を出た。

身体はもう限界に来ているけれど、いざタンパクが手に入るのだと思えば元気が出てくる。

バス停には小学生や幼稚園児が旗をもって並んでいた。バスを待っているのではなく、マラソンの走者がこの道路を走るらしい。今日はたまたま、この土地のマラソン大会で、あまり有名とは言えない催しだけど、沿道の様子では今すぐにでも通過するようなので、しばらく待つしかない。新聞社の旗が、秋の真昼の良く晴れた空に馴染んでいた。

私はベンチに腰掛ける。

やがてどこからか歓声が上がり、足音が迫ってきて、しばらく旗を振る音と幾つもの足音が続き、やがてそれも消えた。

すべて通りすぎたころ、やはりあの風が来た。風には何の匂いか判らないいつもの香りが、薄く匂う。あの香りは、マラソンランナーの激しく動いている身体からも流れてくるものらしい。ならばタンパクの香りなのか。

早く丘の上の家に行きたくなった。

子供達の姿も消えた道路は、紙の箱を折り畳んで作ったように乾いて、石ころの影さえなかった。

ようやく来たバスも乗客は私一人だ。運転手の横顔に話しかけた。さっき、マラソンがありましたね。もうゴールしたのかしら。ゴールしたら空砲が上がるのだけど、聞こえた？ 運転手は目だけを動かし、そうですか、今日でしたかマラソンは、とけげんそうな顔付きになった。

そうですよ、私はベンチで通りすぎるのを待っていたのです。どこかに行こうとすると、かならず邪魔が入る人生なんです、今日はそれがマラソンでした。

人生の邪魔ですか、マラソンが。

上手く説明できない。そういうことを説明する力はないけれど、人生の邪魔という言葉だけは湧いてくる。

マラソンは良いですよ、あれ、身体に残る力の最後まで絞り出しますから。ああでも、最後の力を絞り出したら死にますがね。

運転手さんも、マラソン好きなんですね。あれ、走りながらバナナとかゼリーとか食べて補給しますよね。カロリーメイトとかも食べるようですよ、と私は言った。

でも今日はマラソンの日ではありません。

バスから降りるとき、ステップのところに新聞社の旗が一本落ちていた。

ほら、と言って運転手に手渡すと、少し困った顔で受け取った。世界はこんな風に私を騙《だま》すのだと思ったが、それを運転手さんに言っても仕方のないこと。

バスから降りると、空は銀色に冴《さ》えて、丘の上がやわやわと燃え立って見えた。

その丘に向かって、真っ直ぐの一本道が続いている。バス道路とくらべると道が白いのは、未舗装だからだ。けれど砂の一粒一粒が際立ち、もう何年も一ミリも動いていない気配で静まっていた。

この坂を見上げると勇気が湧いてくる。生きているということには、こんな希望の場面があるのだ。

私はいつものように、一足一足、坂道を踏みしめて上る。坂の上から吹き下りてくる風が強く濃くなった。

ときどき立ち止まり、坂のどのあたりまで来たかを確かめた。丘の上の家を見上げた距離にくらべて、バス通りから上ってきた距離は短い。いつものことだが、自分の力にがっかりする。そしてまた歩きだした。

こんなことを繰り返していれば、いつかこの坂道のどこかで倒れて死ぬのだろう。それはさほど遠い話ではない気がする。けれど今日ではない。今日はまだ死なない。

左右に広がる斜面は、ススキが波打っている。数千の白髪が風の合図で右へ左へと動くのは、あたたかくてやわらかな景色だ。

坂道を上り切るコツは心得ていた。坂道には車の轍《わだち》が二本、くっきり刻まれている。この轍が、上るときのものか下るときに付けられたかは、いまだ謎のままだが、丘の上など見ずに、足先に伸びている轍を辿《たど》るのが大事。遠くを見ると、まるで丘の上の家から遠ざかっていく心地さえしてくるけれど、轍は先へ先へと確実に伸びているのだから、それを辿れば頂点へと近づくことが出来る。

二本の轍の間を進む。

轍はいつ頃からこの坂道に刻まれているのだろう。随分昔に違いない。

ちょうど真ん中あたりまできたとき、またしても困ったことが起きた。二本の轍がリボンを交叉《こうさ》させたように左右が入れ違い、そのまま何も無かったように、上まで続いているのだ。

これまであまり気にならなかったのに、その交叉が無性に怖い。この交叉は奇蹟《きせき》が起きたのか、何かとんでもない間違いであったか、あるいは見下ろす目の錯覚だろうか。車に何が起きれば、轍がこんな風に交叉するのだろう。

私はその交叉地点で立ち止まり、ゆっくりと振り向いた。

バス通りが目の下を左右に伸びていて、その向こうに民家の屋根が広がり、さらに遠くに白濁した海が広がっている。変わりばえのしない、安心できる光景。西の空に浮かぶ薄い雲が切れて、斜めの光りが海に向かって差し込んでいる光景も、どこかで見たような気がした。決して捨てることのできない、私の人生の場所。

轍の上に蹲《うずくま》り、交叉するあたりを手で触れると涙が出てきた。身体の芯が強力な力で、捻《ね》じ上げられている。

坂の上に小さな人影が見えた。

立ち上がり手を振ると、人影も手を振っている。顔はまだはっきり見えないけれど、悠《ゆう》木《き》に違いない。相変わらずの長身だ。

「早くおいでよ、何してるの?」

「休んでいるの。疲れたから」

と私も声を限りに叫んだけれど、丘の上からの声は風に乗り届くものの、坂下からはきっと届いていない。

「今そこまで上って行くわ」

とだけ呟《つぶや》き、また轍に沿って足を動かした。

ようやく丘の上まで辿り着いたとき、陽は西に傾き、出迎えてくれた悠木の影も長く伸びていた。頭の影は坂の途中まで達している。悠木が自分の足で、滑り落ちそうな長い影を、踏み留めているのだ。

私はその長い影に入り込み、悠木の下半身にしがみついた。

「私はどんどん小さくなるのに、悠木は大きくなっていく。そのうち私の身長はお臍《へそ》にしか届かなくなるのね」

「待っていたのに来ないから、こうなってしまうんだ」

いつもの声が胸元に落ちて、じんわりと包んできた。

「……毎日に疲れてしまって、タンパクを食べないともう、どうしようもないの」

「ああ、あなたのために沢山作っておいたのに、来ないから売ってしまった」

「何ですって？　誰に売ったの？」

私の頭上で長い溜息《ためいき》をついた。

「誰によ」

と苛立《いらだ》ち重ねて聞いた。あのタンパクは私のために作るのではなかったのか。

「猫だよ、猫に売ったの。可愛い猫だったし、お金も弾んでくれたし」

「お金なら私も沢山もっている。猫をかぶった女でしょう」

「何もかぶっていない猫。みゃあ、みゃあ、鳴いているだけ」

私は拗《す》ねて、悠木から離れ、家の中へ入っていく。

思い起こせばこの家も、私が建ててあげたものだ。二人で地面を彷徨《さまよ》っていた時代、あの丘の上に棲みたいと言ったのは悠木だったし、そうするしかなかった。家を建てて、その中にタンパクを作る装置を置き、ときどき来るね、と言って坂を下ったときの、別れの悲しさ辛さは、今も忘れることが出来ない。けれど悠木はようやくそれで、落ち着くことが出来たのだ。

命ギリギリになると、叶《かな》うこともあるのだと知った。

「まあ、仕方ないわ、悠木は若いのだし、若いままなのだし」

「もう千回も話し合ったことだから、そのことを繰り返すのはナシ」

「人生に邪魔が入るのは、今回に限ったことではありませんわね」

「……相変わらずだな……憎たらしいけど可愛い」

そうなのだ、悠木も成長し続けているし、私も老い続けている。憎たらしいけど可愛い、というのは、嬉しくて悲しいことなのだ。

「……私、生きていくために、どうしてもタンパクが要るの。私のために作ってくださいね悠木くん」

「そういう見下した言い方を、昔はしなかった。年上らしく謙虚だったたな」

「昔は若かったし、悠木くんとも歳は近かった」

「まだタンパクが要る歳なんだ」

「要ります」

少し哀れんだ声で責めてくる。

「もうそろそろ諦《あきら》めたらどう？　僕も作るのに疲れたし」

「そういう意地悪な言い方やめて。だって猫には作ってあげたんでしょ？　私に作ってくれないなんて、それはひどい裏切りです」

悠木は解っていない。あのタンパクは悠木と私を繋《つな》いでいる大事な物質だってことを。

「……作りますよ。作りますけど、僕もエネルギーが足りなくなってきている」

「猫のために使い切ってしまったってわけ？」

返事がないところを見ると、やっぱりそうなんだ。

猫の濡《ぬ》れた腹が目に浮かんだ。悠木に猫は似合わない。

全く似合わないのは、悠木も猫に似たところがあるからだ。まず、髪の毛が猫の背のように丸く立ち上がり、どの角度から見ても艶《つや》つやしている。思わず手を伸ばして、根元から掬《すく》いとりたくなる。それから首だ。首も猫のように長く伸びる。喉元《のどもと》がグリグリ動き、あまり強く触るとさっと飛び退き、恨めしそうな目になるところも猫だ。

おまけに目の丸みは紡錘形《ぼうすいけい》で、いつも目尻が濡れ気味、唇《くちびる》だって潤っている。舌で唇を舐《な》めるからではなく、体内から滲《し》み出してくる体液で濡れているのだ。

涙と唇の濡れ具合はいつも同時に起きるし、切なくなると、それがより強くなる。なので、唇を合わせるだけで全身に甘い針を刺されたほどの心地良さが走る。

悠木の唇の厚さが半分ぐらいだったら、あの痛みも心地良さも、半分になるのだろうか。そうであればどんなにラクだろう。

頰《ほお》はいつも冷たい。冷たい頰が欲しくて、唇を頰に移動させる。熱から逃げることが出来て一息つく方法だ。

「タンパクを作ってみましょう」

悠木は大人しく言った。

「お金なら沢山あるから」

お金の話をすると悠木はイヤな顔をする。けれどこの地上のどこに暮らすにも、お金は必要なのだ。最初は悠木から求めた。このタンパク、買ってくださいと。

もしイヤだと答えたなら、悠木は怒って私にタンパクをくれなくなっただろうか。私はすぐに、了解、と軽く答えた。本当は軽くはなかったのだけれど。

天使のように大らかかな、母親のような寛容な心持ちを自分に強いて、お金を渡した。お金だけでなく、悠木が必要とするものなら何でも与えただろう。今となれば、そうしたのは、正しかった。好意や感謝は、言葉以外の何かで表す必要があるのだ。

家に入ると、新しい道具が揃《そろ》えられていた。これまで見たことの無い、厚い鉄板も入っていた。私が渡したお金を使ったのだろうか。

鉄板を温めるのは多分電気だ。地熱を使っているのかも知れず、空の熱を利用しているのかも知れないが、いずれにしても新しい機材は気分が良い。これまではテフロン加工の大型のステンレスパンだったが、やはり重厚な鉄板の方が、立派なタンパクが出来そうな気がする。

私はいつものように、鉄板の上が見える幅広なカウチに身を横たえる。

このカウチからの眺めは心ときめく。タンパクが出来上がる過程を、しっかり確認するには、立ち上がるより横になった方がラクなのだ。匂いだって純粋に実感できる。

悠木は鉄板の下のスイッチを入れた。音をたてて何かが始まる。加熱と同時に、悠木の口笛が流れてきた。

口笛はエルトン・ジョンとフレディ・マーキュリーを足して割ったような、激しくてメロディラインを壊したような曲。それが毎回同じなのは、少し興ざめだが。

「さてと」

充分に鉄板が熱せられたので、悠木は気合いを入れて部屋の隅の細長いロッカーを開ける。胸や肩が勢いで上下している。こうしてみると、やはり良い身体だ。背筋が伸びて、腰も細くしなやかな小動物。

ロッカーの中段に重ねて置いて在る写真の一枚を取りだし、熱くなった鉄板に載せようとしたので、私はカウチから起き上がる。

「それはちょっと待って！」

と声を掛けたが遅かった。

すでに写真の中の女は、鉄板の上で身をくねらせて奇妙な声をあげ、やがて腰のあたりから溶けて液体になった。液体はたちまちジュウジュウと蒸発して鉄板にこびり付いた。

「……ああ、それは止めて欲しかったのに。初めて花芽の海岸で水着を披露したときの写真だもの……初々しくて全身タンパクだらけではありますが、保存すべきものでした。二度と水着を着ることが出来ない私の身を考えて欲しかった」

とすでに液体か固体か判らないような、焦げ付いた卵カスのようなモノを指さして言ったけれど、悠木は聞こえないふりだ。

鉄板の上に潮の香りが立ち上がってきた。

そういえば、この家から流れてくるのは、花の香りだけでなく、潮や海藻の匂いも混じっていた。

私が懇願しても、悠木は次々に写真を取りだし、鉄板に載せていく。その中には、ベッドの足にしがみついた私もいる。暗いなかで、どうやって写真を撮ったのか。二枚貝を引き裂いたようなグロテスクな写真もあり、それは私の知らない一枚だった。

なによそれ、と訊《たず》ねれば恐ろしい答えが戻って来そうなので、問わないでおいた。若い悠木相手とはいえ、私も強引で無茶なことをしたものだし、自分に顔を背けたくなるほどの恥ずかしいことも、悠木に付き合わされてやってのけた。

若い僕と付き合うには、これぐらいのことは我慢出来るはずです、などと傲慢《ごうまん》さを剝《む》き出しにして言い放ったこともある。ひっぱたくと、その手は捩《ねじ》り上げられた。すべての恥辱と狼籍《ろうぜき》は写真に撮られていたのだ。

それらの写真で一杯になったロッカーは、この家と同様にかなり古いが、取りだしてくる写真は、昨日のことのように新鮮な色をしている。

何枚目かの写真を、私はカウチから飛び出して、熱い鉄板から摑《つか》み取った。

「これは駄目、絶対に駄目です」

「あぶない、火傷《やけど》をするよ」

たしかに指先が溶けて、短くなった。溶けた指で目の前にかざした写真は、私の結婚式の集合写真。

夫婦になったばかりの二人の真後ろに、青白い顔の背の高い男が立っている。まだ高校生だった悠木で、今にも夫婦の間に割り込みそうな勢いが、制服の肩を怒らせている。中学でバレーボールのキャプテンをしていたし、このころから背が高くて目立った。

「こういうものまで、こんな昔の写真まで、溶かすの？」

「そう、こういう見苦しいものほど、タンパクの良い材料になる。これを入れなくては、すぐに効能が消えてしまうものしか出来ないのがわかってるでしょう？　僕はこの記念写真を撮ったあと、下宿に帰って何をしたと思う？　そいつを次に入れます」

私は溶けた指先が、溶けた写真と一緒になるのをじっと見据《す》え、私の指先はどんな写真より優れた材料になるだろうと思い、痛みに耐えた。

次の写真は、確かに悠木の下宿が写されていた。初めて目にする部屋ではない。ティッシュの箱とその中身をバラバラにぶちまけたほどのちり紙の山だ。

「……これはまた……何をしたの？」

「泣いたの、あの夜」

「ウソ」

「本当だよ、泣いた。でもバレーボールで学んだこともあった。じっと耐えること。どんなに強いスパイクであっても、必死で拾う。拾ってトスに繋げる。そうすれば必ずチャンスが来る。信じたとおり、チャンスは来た。時間がかかったけどね」

「泣きながら、何をしたの？　本当のこと、言いなさい」

「言わせるの、それを僕に」

「前にも言ってくれたでしょ？」

その言葉は、聞けば首筋に薄刃を当てられるほどの冷たさで迫ってくる。

今晩、あの男の何倍もの回数、あなたを抱いてやる。

頬が震えるほどの乱暴な言い方で言った。その乱暴さゆえ、夫が嗜《たしな》み深く、穏やかな男に思えたほどだ。

「もう一度言ってよ。こうやってお願いします」

私は手をつき懇願するが、悠木は惨めな女を哀れむような目で、斜めに見据えたままだ。

私の荒い息が鎮まるのを待って、ゆっくり手を伸ばし、私の溶けた指から写真を取り上げた。自信に満ちた、大人の男の仕草だった。

私は何も出来ない。もうこの悠木に、何も出来ないことを思い知る。年齢の差は伸び縮みしても、私は年老い、悠木は青年のままであることに変わりはないのだ。私が育てたつもりで、有頂天になっていた時期もあったけれど。

「いいね、この写真も溶かしますよ」

愉しげに言い、鉄板の上に載せると、写真の中のティッシュの山が、山火事のように燃え盛り、やがてまたねっとりと焦げたかたまりになっていく。

涙の匂いとは違う異臭が立ちのぼる。悠木はチラと私を見て、懐かしい？　と訊ねた。

「懐かしいより、苦しい。懐かし過ぎると苦しくなる」

「僕も本当はそうなんだ」

「いいえ、面白がってる。その顔、いたずらっ子のような目も、焼いてしまいたい」

「この目は堪忍《かんにん》してよ。取りだしたらもう再生しない。でもキノコなら、この身さえあれば次々に生えてきます」

と言いつつ、鼻歌混じりにズボンの脇から手を入れて長いものを取りだし、鉄板の上に投げ出すと、ああこれでしばらく安眠できる、とほっこりした。

「私の身体も、何か材料になればいいのだけど、……もう指先は溶けて、全部一緒になってしまった」

「指も大事だけど、あなたの手の平はもっとすごい力を持っていた。だから手の平をください」

「私のためのタンパクだから、仕方ないか」

と手の平を鉄板に押し当てると、ジュウジュウと美味そうな音がして、手の平が溶けて高濃度の液体になった。

このままだと、やがて唇も鼻も耳も全身の体毛も、全部材料にしなくてはならなくなる。それも良いだろうとは思うものの、そこまでやると、タンパクを取り込む身体が無くなってしまうだろう。

「まだ足りない？」

「そうだね、あとは、舌かな」

「舌ですか……でも舌を取り出すと、こんな風に話が出来なくなる。声も出せなくなります」

「だったら、舌の代わりに、舌苦草《ぜっくうそう》を加えますか」

「ああ、あれね、あれは舌をすごいものに変えるから、私たちの舌より強烈な材料になるわ」

悠木は家の外に出て、雑草の中に頭を突っ込んだ。丘の頂上付近だけが、ススキが途絶えて青々と草が生えているのだ。まるで禿《は》げてつるりとした山頂が気の毒だからと、緑の苔《こけ》で覆ったみたい。

私もカウチから立ち上がり、外に出た。

「このあたりに沢山生えているんだが」

と地面に鼻先をすりつけ、這《は》うようにしてあの草を探している。ヨモギの様なギザギザの肉厚の葉に、季節を問わず赤い花が咲くけれど、実は生らない。

「一年中生えているものなの？　雪が降っても日照りでも」

「それは大丈夫。こういう草は、必要なとき必ず手に入ることが大事なの」

「知ってるわよ、そんなこと」

と顔を赤らめないように横を向いて言った。西陽が真正面から当たり、

「ああ、赤い赤い、あなたの顔、めちゃくちゃ赤いよ」

と悠木が、無責任なまでに明るい笑いを浮かべた。

自分が根本の原因なのに、どうしてこんなに他人事のように笑えるのだろう。

「……悠木の顔も真っ赤ですよ」

と言い返した。すると、たちまち真顔に戻り、目の縁が熱に染まった。

私が一番好きな真顔には、あまりに沢山の情が籠《こ》もっている。好き、欲しい、などの情は、笑いに詰め込んで解放させることも出来るけれど、この真顔にはもっと濃いものが詰まっていて、堪《たま》らない、耐えられない、苦しい、壊れそう、などの情を解き放つのは、かなり危険なのだ。

雑草の中に突っ込まれた必死な真顔は、何かを探す仕草を続けながら、つまり手で草を掻《か》き分けながら、

「愛なんて言葉を一度真剣に言いたかったけれど、それを言わせなかったな、あなたは」

などとぶつぶつ不満げに言うのだ。

「悠木は禁句を作った共犯ですよ。言葉を邪魔モノ扱いにした。言葉より信じられるものがあるって言ったのは誰ですか」

悠木は少し考えて、変わらぬ横顔で言う。

「……だからタンパクを作る事が出来た」

「まあそうね、愛とか恋とか切ないとか、あれこれ口にしていたなら、タンパクの発見には到らなかったし、ここまで長い付き合いにはならなかったわね」

「……辞書の恋愛用語みたいなものより、身体から滲み出してきたものを信じましょう」

「はい、そのとおりにいたしましょう」

地面に鼻を押しつける近さで、草の中を透かし見ている悠木の頬に、溶けた指先を這わせると、痛みと甘だるい感触が電流となって指の先から責め上ってくる。剝《は》げ落ちて厚味が半分になった手の平からも、痛痒《いたがゆ》い快感が放散する。

「あなたの手、指、気持ち良いなあ」

と悠木が唸るような声を上げる。私はその声に満足し、何度も這わせる。

「……もっと気持ち良くさせてあげる」

この感覚は、恋愛用語のどれを使っても表せない。いといいと。えんえんえん。無理矢理表すと、泣き声のような音になる。

少し毛羽立ってきた悠木の肌が、まん丸な行き場のない感情を次々に生みだしてくるのは困ったもの。まん丸な感情は、私にぶつかってきたあと、行き場が無いのだから。

「あったぞ、これこれ」

私の手指に夢中になりながら、ちゃんと目は探し物をしていたのか。やはり悠木は男なのだ。

「どれ?」

「ほら」

確かに舌苦草だ。私は乾燥したものしか見たことがないけれど、その緑は悪霊が宿っているほどの濃さ。

「生だと効き目が弱いかも。乾燥させたらもっと成分が濃縮するでしょ」

「いや、生の細胞の中で、舌苦の成分も生きているから、乾燥モノよりずっと強いよ」

「試したことあるの？」

「いや、想像です。でも理に適ってるでしょう？　何事も生ほど強いものはない」

どんな場面で試したのか。猫かぶりの女だろうか。猫をかぶっていない女か。丘の上まで来るのだから、悠木の魅力、吸引力も相当なものなのだ。

「では、試してみるよ、僕から」

「どうぞ」

悠木はギザギザの葉先を口にくわえると、すり潰《つぶ》すように歯を動かした。悠木の口から、嗅《か》ぎ慣れた特別の匂いが吐き出される。

「口の中、痛い？」

「うん、少しね」

「見せて」

と悠木の口をこじ開けると、舌の先の色が黒紫色に変わっていた。

「では、効き目を確かめるね、ここんとこ、舐めてみて」

と耳たぶを口に近づけると、悠木の吐き出す息で目がまわりそうになった。

確かに効いていた。生の葉はやはりすごい効き目なのだ。悠木の黒紫の舌は、硬くシワシワに固まり、コロラチューラソプラノのように、一秒に数十回も震えていた。

「すごいよ悠木、この効き目はすごいです」

もう、上手く声が出ないほど参っていた。

「あなたも食べてみて」

と葉を一枚私の口に差し入れた。私は悠木と同じように葉先を嚙《か》む。最初の激しい痛みが遠のくと、舌の先が強張り固まってくるのが判る。常より少し、尖《とが》っているはずだ。

これで舐めれば、悠木に悲鳴をあげさせるほどの心地良さを、与えることが出来る。

草むらに突っ伏した恰好《かっこう》でその先にすすむわけにもいかず、衝動を抑えながら身体を離した。

身体を離すと、舌先も少しずつ元にもどった。全身汗まみれだった。

「ようし、これを入れれば完璧《かんぺき》なタンパクだ」

何本も抜き取っているのは、残ったら乾燥させるつもりだろう。指がナイフのように土を切る。細くてしなやかな指は、見ているだけで胸がときめく。

家に入ると鉄板の上に、半固まりの飴《あめ》のように、未完成なタンパクがこびり付いていた。ヘラでこそげ取り、その傍に舌苦草を置いた。加熱すると、草は生きもののように葉先をくねらせ、湿った音をたて、やがて静かになった。

その草をヘラで潰した。傍らの飴のような固まりと混ぜ合わせ、それを何度も捏《こ》ねると小さな円盤状のかたまりが出来た。すべてが混ざり合い良い香りが立ち上がる。

私はカウチに横になり、そのすべてを確認している。

「……出来ましたよ。ちょっと食べてみますか？」

円盤の端をヘラで掻き取り、私の目の前にもってきた。その香りだけでもう、心臓が激しく打ち始める。

「……生の舌苦草を入れたから……かなり痺《しび》れるよ」

「ちょっとコワい。死ぬかも知れない。生きるために食べたタンパクで、死んでしまうと困る」

でももう、誰も困る人などいない。

私は財布を取り出した。溶けた指と手の平の上の財布が滑稽《こっけい》だ。

お金を払わなくてはならない。悠木も私の手元を見ている。紙幣かコインか、迷ったけれどコインにした。何か、支払う関係の方が、気が楽だし、と言い出したのは悠木だ。

「さあ、お払いしましたよ。死ぬ覚悟もできました。では遠慮無く、タンパクを頂きます」

目を閉じ、仰向けの姿勢で口を開けた。

舌の先にやわらかなモノが載せられた。唇に何かが触れる。さあ、唇を閉じて味わってください、の合図だ。

舌先からやわやわと広がる香りと感覚。胸、腹、脚へと下りて行く。すべての臓器が震えて悦びの悲鳴をあげた。手足の二十本の指が立ち上がり、体毛もゆらゆらと起き上がり、そよぎ始めた。閉じた瞼《まぶた》の中でも、肌がぶつかり合っている。

「どう？　良いでしょ？」

悠木の声もとろとろと滑らかだ。

「……これでもう少し、生きていけるわ」

「あなたを生かしているのが、僕の作ったタンパクだとは誰も知らない」

「……もう少しだけ生きていたい。死んで悠木のところへ来るには、まだ未練がある……ここへ来ればまた、猫かぶりと闘わねばならないのね」

「あなたがどうしてもと言うなら、ときどきやってくる猫も、タンパクにしてしまおう」

「そうね、そうしましょう。猫は鉄板の上で泣くでしょうね……でも楽しみだわ。この家での楽しみが増えた」

「僕はどこへも行けない、不公平だな」

確かにこれは不公平だ。悠木には猫ぐらい与えてあげたい気もするが、やはりこの丘へ来るのは私だけにしたい。

「……指と手の平を吸ってあげようか」

「ええ、吸って」

悠木は私の指を一本一本吸い、元どおりの長さにした。それから丁寧に手の平を舐めた。爪《つめ》まで生えそろった手指に、悲しげな目でタンパクを握らせる。大きな飴のようなかたまりは、まだ熱い。

「私、お金ちゃんと、払ったわよね」

「貰《もら》った」

悠木は笑う。いつもこの遣《や》り取りで無垢《むく》な笑顔になる。

私はただ、この儀式を確認するために、深く頷《うなず》く。儀式は滞りなく終わったのだ。

「さて、もう帰った方がいい」

ああ、何度同じ言葉を耳にしたことか。

「ええ、帰ります」

同じように答える。

私は胸にタンパクを抱き、その私を悠木は背後から抱くようにして立ち上がった。

外はもう、西陽も去って、おぼろに黄昏《たそが》れていた。二人の影を西陽の名残の明るみが、包んでくれている。

「これがあれば、もう少し生きていける」

呟きながら坂へと向かう。坂は凹凸《おうとつ》を灰色の中に溶かしているけれど、それでも轍はどうにか見えていた。

「……送って行くよ」

それもいつものこと。でも限りのあることを二人とも知っていた。

そして、あの二本の轍が交叉するところまで下りて来て、立ち止まる。

「ここまでです」

私は振り返り、悠木にしがみついた。あらゆる感情をひとつにまとめてしまったために、無表情になった悠木の顔を、下から見上げる。

また来ます、と潔《いさぎよ》く言うと、交叉する轍を大股で跳び越えた。

そのまましばらく立ち尽くして、悠木の姿が消えた気配を確かめると、愛している、と空に向かって叫び、声を上げて泣いた。

なぜこの場所で、轍が交叉してしまったのかを考える日々が、ここからまた始まるのだ。
私に会うために、この坂の途中で、何か途方もない悲劇が起きたのは間違いないけれど、
それがどうしてこのような奇妙な轍になったのかを、誰が説明してくれるのだろう。
疲れたら悠木のタンパクを舐める。元気を取り戻して、考え続けていくしかない。

翔の魔法

翔《しょう》は冴《さ》えない二十一歳の男である。父はおらず松戸《まつど》の製紙工場で働いている母親は、酔っぱらうたびに、息子をろくでなしと罵倒《ばとう》した。

母親の給料日にパチンコ代を盗んだときが決定的だった。自分の息子にろくでなしとは何だ、そう言う母親より、ろくでなしの方がよっぽどマトモな人間と違うんか。出てったるから、有り金出せ。早《はよ》う出せ、出せ、出さんか。

一度蹴《け》ったら出した。たった一度蹴っただけで金を出す母親が哀しかった。何でそんなに弱いんだ。この世の中、もっと強うのうては生きて行けんし息子を育てることも出来ん。弱い母親は強い子孫を育てることなど出来んのだ。

翔は母親を見限り、家を出た。言ってる理屈は通っているようでもあるが、ろくでなしには違いない。

高校を出てからあれこれ仕事をしたが、半年以上続いたことがない。根性も忍耐力もなく、そのくせ見栄と射幸心だけは人一倍ある。

本名は久保健二《くぼけんじ》だが、一関《いちのせき》に来てからは嵐《あらし》の櫻井《さくらい》翔が気に入り、一字変えて桜庭《さくらば》翔と名乗っている。桜の庭というのが恰好《かっこう》いいではないか。

松戸にいたときは、友達にも、その友達にも不義理をしてしまい、借金も返せなくなった。いっちょ北を目指すか、という気分でやってきた一関。北海道という手もあったが、北海道は飛行機に乗らなくては辿《たど》り着けない。そんな金はなかったし、羽田空港は明るすぎて気分が悪い。

牛の尻尾《しっぽ》になるよりニワトリの頭になれと高校の先生が言っていた。松戸では三流でも一関なら二流程度の存在にはなれそうだ。

努力せずに人の上を行くにはどうすればいいか、そういうラクな道を探すのが何より好きだった。こうすれば女にモテる、少ない金を大きく増やす最短コース、などという雑誌の記事は、コンビニで立ち読みのふりしながら、ページを裂いてポケットにねじこんだ。別の雑誌には、五万円をＦＸで一二〇万円に増やした男や、年上女数人を手玉にとって貢《みつ》がせ、月に四〇万円の収入がある男の実話が載っていた。読んでいるあいだは、自分にも真似が出来そうな気がして、そのときは立ち読みしながらメモをとった。

あれこれ自分に出来ることを考えた末、辿り着いた成功の方法は、とりあえず小金を貯めた女と関係して日々をラクに暮らすこと。本物の金持ちの娘なら結婚しても良いと思った。東京や松戸の女は自分など相手にしないが、一関か気仙沼《けせんぬま》あたりの素直な女なら何とかなるかも知れない。山林王の娘と結婚して、母親の鼻をあかしてやる。

翔の夢想の根拠は、ルックスだった。たしかに背が高くて顔立ちも平均より上だったが、笑うと黄色い歯が剝《む》きだしになり、卑《いや》しい根性が丸見えになることは、本人も気がついていなかった。

一関ではとりあえず焼鳥屋のバイトを始めたが、お客に料理を運ぶだけで、お金には一切触ることができない単純な労働。串焼きを運んで行き、頭頂部の毛をトサカのように立てているのを面白がるお客の女の子たちに、

「俺、櫻井翔の翔、よろしく」

と東京風に名乗った。一人ぐらい興味を持って、あ、顔が似てる、と言ってくれるかも知れないと期待した。しかし翔のアタマのレベルを見透かす女の子たちに、馬鹿にされ笑われたとなると、きっちり仕返しもした。次の皿に並べられた田楽に陰で唾《つば》を吐きかけて、俺の精子喰いな、と内心でほざき、にこにこしながら差し出した。

はい、おまちどうさん！　一関の女性、みんな美人だねえ！

焼鳥屋を辞めたのは、この件がバレたからではなく、壁紙がアブラで煤《すす》け、小上がりの畳が擦り切れた店が自分には不似合いで、もう少し小綺麗《こぎれい》な店なら、ましなレベルの女の子たちが寄ってくるのではないかと考えたからだ。仕事に飽きたときのいつもの思考パターンだ。

運良く、配送業者の手伝いのバイトが決まった。配送業務は海沿いの素朴な村を回る。男を疑わない女がいっぱい居るに違いない、素直な女が百人いれば、一人ぐらい峯岸《みねぎし》みなみみたいなのがいても不思議ではないはずだ。

翔の好みはＡＫＢ48の峯岸みなみのような、全体のバランスが崩れるぐらい目が大きい女で、その目がとろんと潤んで濡《ぬ》れているようであれば、なおさら良い。

峯岸みなみの得意技は高速ベロだ。ベロを左右にぶんぶん振る。峯岸みなみの場合、ハチドリのホバリングのように愛らしい。退屈なときは、翔も高速ベロの訓練をした。高度な能力が必要だと解ってきたし、訓練により確実に上達した。翔が自己鍛錬《たんれん》して良い結果を得たのは、高速ベロぐらいのものだった。

顔を洗ったあとの曇った鏡の前で、今朝もベロの筋肉を鍛えておこうと、左右に激しく振っているとき、峯岸みなみではなく、山根千枝《やまねちえ》と顔がぶつかった。ぶつかったような気がした。これが現実なのだ。

配送業の手伝いを始めて十日目に出会った千枝は、峯岸みなみと似ていなくもなかった。色白と目尻が下がり気味なところだ。スタイルはだいぶ劣る。足が太い。

千枝を想像してベロを振っていると、下半身が盛り上がってきた。翔は急いで布団に戻り、一分で始末した。くそお、三cc損した。おおさぶ。

あと二日で千枝の休みになる。それまでには三ccぐらい溜《た》まるだろう。ハネムーンは気仙沼街道沿いにあるラブホだ。ドライブに誘ってオーケーが出たということは、すべて承知ということだ。

千枝は小金持ちでも山林王の娘でもない。気仙沼の魚町に在るホテルの、一番若い従業員で、額がいつも光っていて美しい。

荷物の搬入のとき、翔に優しくしてくれた。優しくされるときは姉さんのような気がするし、実際三つも年上だ。なにより得意技の高速ベロを面白がってくれた。配送車の運転手が気仙沼の友達と昼ご飯を食べたいからと、本当は業務違反だけど翔を信じて車を任せてくれたとき、車に千枝を乗せて大川近くの道の駅まで行ったのが初めてのデートで、アンパンを食べたあと車の中で、高速ベロをやって見せた。

「なんか、目に見えないもんが、キラキラ光りながら、口から出て行く感じ」

千枝のこの感想に、翔は涙が出そうになった。これまで、自分に関して、キラキラなんていう言葉、聞いたことが無かった。そう言われると確かに、胸の中にどんどん何かが溜まってきて、ベロの先から空めがけて放出されるのを待っている気がするのだ。それが何かうまく言えないけれど、全く馴染みのない、しんみりと温かくて、お湯のような感情。出そうになり引っ込んだ涙が、胸のタンクに溜まっていく感じ。ベロが痛くなった。

「……わあ、魔法の舌だ、そんだら魔法使える人、見たことねえ」

千枝は無理して褒《ほ》めてくれている。翔は判っていた。自分に出来るのはベロを振るだけで本当はそこから何も出せないし、褒められて嬉しいという言葉さえも言えない。けれど、何かが空めがけてスプレーみたいに出ていく気もする。見えないだけだ。

「胸に溜まっとるもんが、まだまだちょっと足りん。もちっと勉強して教養つけて、ここんとこが充実したら、一息で空いっぱいに星の渦《うず》作ってみせる」

胸を叩きながら、翔にしては初めての抽象表現、精一杯の志を吐いたあと、千枝の顔の上に崩れるようにキスした。

千枝はキスを拒まなかったばかりか、んだ、信じる、と顔を放して笑った。峯岸みなみより、こっちが上だ。峯岸みなみ以上の女を摑《つか》まえた。

千枝は、お坊さんが長い舌の上にいろんな人を乗せて救済している絵を見たことがあるとも言った。そういう話を聞くと、翔は自分が急に立派な、ひとかどの人物になったような気がして、大川はきれいだと、こっちに来て初めて風景に感激した。

三月十一日金曜。午前中の仕事を終えていったん南町海岸に近い自宅に戻った千枝は、身支度を調えて翔の迎えを待った。祖母は寝たきりだが、母親は娘の気持ちの弾みに気付いて、明日は週末で父親が戻ってくるから、今夜中に帰って来るように言うのだ。

ふしだらなことすんでねえよ。

そんだらことしねえって。

翔のレンタカーは小豆《あずき》色のニッサンだった。乗り込むとき台所の窓から母親が見ている気がした。

翔は晴れがましい気分で車のドアを開けて千枝を助手席に座らせた。

背伸びすると潮風が心地良い。男になる特別の日。お腹は空いていないかと問うと、千枝は食べたばかりだと言う。ならば真っ直ぐ、気仙沼街道の途中で目星を付けておいたラブホに行きたい。

しかし焦った姿は男らしくないので、どこか公園のような高台で海なんぞ眺めてからの方がスマートだ。

街中を抜けて、284号線と合流し真っ直ぐ進むと、右手に総合運動場がある。あそこなら気仙沼の市街や海が見渡せるのではないかと翔は考えた。

車を下りて景色の良さそうなところを探し、途中の自販機で買ってきた缶コーヒーを飲むつもりだ。それからこう言おう。千枝ちゃんとベッドに入りたい。すんなり返事が来なかったら、次の言葉も用意してある。ベッドの中で高速ベロの裏技、教えてあげる。

車から降りて手を繋《つな》いだときだった。

目の前の木々が一斉に右に傾いた。木々ではなく傾いたのは地面だ。傾いた木々を引き戻すように今度は左に持ち去られる。足元が波打ち、座り込んだお尻が右へ左へと揺さぶられて、二人の手はいったん離れ、また繋がり、何が起きたのか判らぬまま下からどんどんと突き上げてくる音を受け止めた。

鳥が飛び立つ音と人間の悲鳴が渦巻くなか、ふたりは手近な一番大きな樹に縋《すが》り付いた。

何分かして、千枝が甲高い声をあげた。

「地震だあ。かあちゃんとばあちゃん、迎えに行かねば」

とりあえず揺れは収まった。だから千枝が迎えに行くという意味が解らない。

「地震のあとは津波が来る。子供のときから訓練してきた。早いとこ高いところに避難せんと」

「高いとこなら、ここだ。俺が二人を連れてきてやる」

「一緒に行く」

「家は知っとる、ここで待ってろ」

一月前の翔なら、そういう台詞《せりふ》は言わなかった。見栄を張る相手も居なかった。しかし千枝にはかっこいい男でいたい、母親やばあちゃんにも認められたい。

翔の行動は素早かった。千枝を残して車を発進させた。

市街地に入るまで、道路はがらがらで、信号も点灯している。なんだ、平静じゃないか。気が抜けた。

けれど海岸に向かう県道に入ったとたん、フロントガラスに灰色のホコリがぶつかってきた。車を止めてホコリが鎮まるのを待ってゆるゆると進むと、道の左右は傾いた家や崩れたコンクリートの建物ばかり、そのあいだを、人々が叫びながら走ってくる。逃げろ、と叫んでいる。逃げろと言われても、後ろには車が来ているし前も詰まってしまっている。

ここは落ち着くしかない。津波も地震と同じで、ひとしきり揺れたら鎮まる。外に出て怪我してもつまらない。このレンタカーは対物保険を掛けていないので、無傷で返さないとならない。もし引き返せるなら千枝のところまで戻りたい。千枝を乗せて、一関までの気仙沼街道沿いにあった三角屋根のラブホで、あの丸っこい身体を抱きしめたい。高速べロで千枝を笑わせたい。笑うと千枝のタレ目はいよいよ垂れて、泣き顔のようになる。

翔は慌てふためいて走る人間が、度胸のないつまらぬ存在に思えて、ふふんと笑った。男なら、ここぞというときの踏ん張りが大事なんだ。

……通りの先端、わずかに見える海が、黒く異様な高さに持ち上がっていた。あれは何だろう。海は青いはずで、家の高さを越えるようなものではない。あれは壁のようなものだ。しかも盛り上がったますますごい勢いで近づいてくる。

翔は車の窓を確認する。窓さえ閉めておけば、まず大丈夫だと自分に言いきかせた。数秒後、あたりが真っ暗になった。目の前で何かが割れた。真っ暗な中に、千枝の悲鳴が聞こえた。

夕方、人の後に続いて総合運動場から降りた千枝は、街に向かって歩いた。がれきを避けながら見当をつけて海の方向に進むしかなかった。救急車や消防車がひとかたまりに停まっているところを抜ける。行きずりの人がくれた水のペットボトルには、口をつけていなかった。母もばあちゃんも翔ちゃんも生きている。早くこの水を飲ませたい。

そして見知らぬ街に夕暮れがやってきた。

道は消えていたけれど、大きい建物には見覚えがある。警察官の姿を見たらがれきの陰に身を隠した。余震が来て危険だから、先に進むなと言われるのが解っていた。

どこをどう歩いたのか判らない。わずかな隙間《すきま》を辿るようにして、海の匂いを目指した。いたるところが生臭かったが、海からの風は肌で感じられる。

かあさあん、ばあちゃあん、と呼びながらふらふら歩く。翔ちゃあん……翔ちゃあん、ごめんね……ごめんね……翔ちゃあん……御願い……どこにいるか合図してえ……魔法の高速ベロで合図して……

千枝が立つ場所から十メートルも先だろうか、すっかり暮れ落ちているので壊れた家も車も見分けがつかないあたりに、それでも横倒しになった車のカタチがぼうと浮かんでみえる。開いたドアに布紐《ぬのひも》のように引っかかっているのは、人間らしい。顔や手足の場所も判らないほどだらりとしている様子から、それが人間であっても、もう生きてはいないのだとわかる。生きている人間のカタチではない。

「翔ちゃん」

それが翔ちゃんであってほしくない。けれど翔ちゃんかも知れない。

だらりと伸びた黒い布紐のようなものに向かって千枝が声を掛けたとき、黒い布紐の端がぼうと黄色く光り、そのかすかな光のおかげで、人の口のカタチがはっきりと見えた。

翔ちゃんだ、翔ちゃんの口だ。高速ベロやってくれた口だ。

胸の高さまで積み重なって、行く手を阻むがれきの向こうを、千枝は必死で見詰めて声を絞った。

口しか無くなった翔ちゃんは、千枝の期待に応えて次々に何かを吐き出しているらしい。蛍のような、金色のコンペイトウのようなものが、暗い一点から放射状にキラキラと光りながら、空に上っていく。

千枝は倒れた。

薄く目を開けると、翔ちゃんが言ったように、星が渦を巻きながら回っていた。すごいね翔ちゃんの舌、魔法の高速ベロが、夜空をぐるぐる搔《か》き混ぜてるよ。翔ちゃんにしか出来ないワザだね。

あの黒い布紐みたいなものは、やっぱり翔ちゃんだったんだと判って、千枝は声をあげて泣いた。千枝の声も、反響するもののない深い夜空に、吸い取られて上っていった。

かぐや姫

そのころ地球は、宇宙を支配するすばらしく大きな星だった。太陽よりも月よりも、がっしりと安定して、朝は静かに広々と土や草を匂わせ、昼はカッカと白く燃え立ち、夕方は昼の匂いを残しながら茜色《あかねいろ》の雲を広げて、夜の神々の出現を待っている。

地方の農村の子供には、地球は想像の果てをさらに越えるほど壮大で、永遠に不動の力を持っていた。そう感じさせる自然現象が、日常の中で繰り返されていた。

その地球が、宇宙の暗がりの中をひたすら回転し続けているなんて、そんなこと、どうして信じられただろう。

けれど流れ星を見つければ、それが地球より遥《はる》か遠く離れた別の星から、地球めがけて落ちてくるということも知っていたし、もともとは流れ星の燃え残りである隕石《いんせき》が、山ほど降り積もり、この地球が出来たことも聞いて知っていた。地球の外側に、未知の星が山ほど在るのは間違いないらしいのだった。

流れ星のかけらである隕石は、なかなか手に入らず、だから高い値段で売れるのだと教えてくれたのは、少し離れた漁村に住んでいる誠次《せいじ》だった。

土曜の午後、魚が入ったトロ箱を自転車の荷台に積んでやってくる母親に、誠次はいつもくっついてやってきた。魚を台所の流しまで運び入れて、そこで捌《さば》いてくれるのだ。

中学三年の誠次は背が高かった。

缶蹴《け》りの仲間に入り、そのまま夕方まで遊んで行くこともあったし、母親の代わりに誠次が台所で、包丁を使うこともあった。

出刃の扱いに失敗して、手の指爪《しそう》を割ってしまったのだと、まるで自慢するように見せてくれたこともあり、いつのまにか友だちになっていた。

我が家以外にも行商先で友だちになった子は多く、魚臭いから嫌だという子もいれば、いろいろ知らないことを教えてくれるから面白い、という子もいた。知らないこと、の多くは、男と女に関することだった。

私は当時小学六年で、穴の空いた運動靴で野原を駆け回っていた子供だった。背の高い誠次は大人のようでもあり、遊んでいるときは近所の子供と同じに見えた。

ある夏の夜、ラジオでさかんに流星群のことを放送していた。深夜十一時から十二時ごろにかけて、南西の空に沢山の流星が見られるのだと。名前も知らない彗星《すいせい》が地球に近づいていて、そこから流星が降ってくるのだとラジオは言った。

けれど子供がそんな夜遅くまで起きていることなど許されなかった。

夜遅く、こっそり子供部屋の窓から空を見上げたが、生い茂った木が黒々と揺れているだけで、枝々の間に見える夜空は暗かった。

翌日は学校が休みで、昼過ぎに同じクラスの松男《まつお》と妹の時子《ときこ》が遊びに来た。兄妹の後ろに背の高い誠次が立っていて、これから皆で、隕石を探しに行くのだという。

昨日の夜はすごい数の流れ星だったから、隕石もきっと一つか二つは落ちているはずだ、と誠次は二人の後ろから言った。

隕石探検だ、と松男と時子ははしゃいでいた。言い出したのは誠次に決まっていた。

暑い中、全員麦藁《むぎわら》帽子をかぶり、勢い込んで出掛けたのである。

「昨日の夜の流れ星を、見たかったね。いっぱい落ちてきたの？」

と私が訊《たず》ねると、誠次はいつもよりさらに背を伸ばし胸を反らすと、自分だけが知る秘密をあかすように、こう言ってきかせた。

「……十一時ちょっと前から始まって、三時ごろまですごかった。天の川が裂けて、水が漏れてきたみたいに、次々に星が降ってきた」

天の川が裂ける。

天の川って、南西の空にあるのだっけ？

けれど時子は目を輝かせて訊ねるのだ。

「降ってきた星って、何個ぐらい？」

誠次を見上げる目は必死だった。

「何個なんてもんじゃなくて、何千個」

「何千個も流れ星が？」

「……そうだよ。数え切れなかった。その中の半分ぐらいは、隕石になって地球に落ちているはずだ」

「なら、何百も隕石が見つかる？」

「……多分、見つかる」

「売れると、すごいお金になるね。どの辺に落ちた？」

「多分、岸本《きしもと》か渡戸《せと》あたり」

その具体的な場所に驚いた私は、

「岸本や渡戸に落ちるのを見た？」

と聞き返した。

「見た。南西の空から、岸本あたりを目指して、一斉に降ってきたのを見た」

時子も松男も私も、興奮気味に顔を見合わせた。誠次を信じることにした。

「他の連中に拾われる前に、俺らが行く」

松男が宣言した。

他の連中というのは、隣の校区の小学校の生徒らのことで、岸本も渡戸も隣の校区と我々の校区の境目にあった。彼らは海岸や砂浜を縄張りにして遊んでいた。漁師の子が何人かいて、舟を操縦できるというし、港街のストリップ小屋に出入りしている子もいるそうで、体つきも大人びていた。

隕石を彼らに奪われてはならない。

我々は、水筒に水を入れ、飴玉《あめだま》とかき餅《もち》をポケットに詰め込み出掛けた。

最初は足も弾み、誠次が話す流星のすごさに感動して意気揚々だったが、三十分も歩いて線路まで来ると、そこはもう隣の校区だった。

海岸線に沿って伸びている草道は、道の左右に月見草と猫じゃらしとヨモギが生えていて、草の中に踏み込むと縞蛇《しまへび》や青大将が飛び出してくる。祖父の話だと、このあたりの蛇は家の天井に棲み着いた蛇と違って、海から上がってきた毒蛇なので、噛《か》まれると命が危ないそうだ。

松男が立ち止まり、水筒から水を飲んだ。

遠くの道に一本の木の枝が転がっていた。それがゆっくり動いている。松男と時子は身体を固くして誠次の後ろに回った。私は腕組みして、動いている木を見詰める。遠くて大きさは確かめられないけれど、あれは蛇が道を横断しているのだ。

「誠次、この道は危ないよ。蛇が山ほど居るから、他の道にしようよ」

松男に誠次は応える。

「遠回りになる。早く岸本へ行かないと」

けれど誠次は溜息《ためいき》をつき、判断を迷い、しばらく考えていたけれど、踏切まで引き返して、線路を歩いて行くことになった。

線路の周りも草だらけだが、ほぼ直線なのでそれだけ早道になる。線路の上を歩くのは大変だが、枕木《まくらぎ》の上なら歩きやすい。蛇道よりずっと危険は少なく思えた。ただ、絶対に歩いてはならないと親たちに言われていた。

いざ線路に沿って歩いていくと、撫子《なでしこ》や月見草は枕木を埋めるように沢山生えていた。蛇道と違って、空も高い木の枝に覆われているので、秘密の花園への通路のように魅力的だった。

線路の枕木は、神社の階段より歩きやすかった。そして特別の臭いがした。枕木の湿った臭いと、磨き込まれたように光るレール。

レールはずっと先まで、空を映して白く続いているのに、枕木はその間に色々な草が生え、サイコロキャラメルの箱が落ちていたりして、冒険心をくすぐった。光るレールは天空への滑走路のようだった。

時子が疲れてレールの上に腰を下ろして、水筒を口にあてた。

水筒の口が動いて、うまく水が飲めない。

「あ」

と誠次が声を上げた。

「時子、お尻がヘンじゃないか?」

「うん、ちょっとヘン。お尻が痺《しび》れる」

「逃げろ! 列車が来るぞ!」

誠次の一声で、枕木の横の窪《くぼ》みに転げ落ちるように逃げた。

何が起きたのかと、時子が顔を上げると、バカ、と誠次が頭を押さえる。

「……列車?」

「来ないよ」

「来るよ。ちょっと待ってろ」

誠次はレールのところまで這《は》い上がり、レールに耳を乗せる。すぐに窪みまで戻って来ると、

「音がする。列車が来てる」

「どっちから?」

私が問うと、そんなことはわからん、と誠次は怒った目になった。

誠次は正しかった。しばらくすると、窪みにまで地響きのような音が、最初は微《かす》かに、やがて激しく伝わってきた。地面を掘り起こすような重い音が次第に大きく重なり、伏せた頭の真上を黒いものが、激しい音を発てて通りすぎる。

誠次は時子と松男の頭を押さえつけた。何か叫んでいるけれど、私には聞こえない。

少しだけ顔を上げて薄目を開けてみた。世界中の悪魔が鉄のかたまりになって、目の前をぐるぐる回転していた。誠次の手が伸びてきて、私の顔は草の中に埋め込まれた。

悪魔たちが去ったあと、四人の顔は草の汁と土にまみれていた。

「危なかった」

と誠次が呟《つぶや》くと、時子は嬉しそうに、危なかったね、とはしゃいだ声で言う。

ごそごそと窪みから這いだし、危機脱出を喜ぶ。誠次が急に頼もしく見えた。

水とかき餅を口に入れて、また歩き出した。悪魔が走り過ぎたあとも、レールはいよいよ鈍い光りを乗せて伸びていき、その周りの草は濃く深く、所々はレールより高く背丈を伸ばしていた。

川の上に掛かる鉄橋は、ほとんどサーカスの綱渡りのようだった。一人ずつ走るのだ。誠次がレールに耳を当てて、オーケーのサインを出す。すると、枕木を蹴るように走って、川向こうの窪地に到着するのである。戦争映画で敵の陣地に突入するときの気分。

時子が転んだときは、誠次が迎えに行き、抱えるようにして運んだ。

四人全員が渡り終えると、そこでも水とかき餅で一息つくのだった。

四人の顔はすでに汗と土で汚れていたけれど、誠次だけは白い顔のままで、たった三歳違いなのに、その年齢差はどんどん広がって見える。人生経験の差かも知れない。

私はときどき、誠次の切れ長な目を見上げて溜息をついた。私の兄さんなら良かった、いや、兄さんでなくて良かった。どちらも本当で、ちょっと混乱していた。誠次の喉仏《のどぼとけ》が、グリグリと動くのも珍しく、けれど見てはならない心地もして見ないふりをする。

それからまた歩いて行くと、ついに海が見えてきた。目の前が崖《がけ》になっていて、その高いところから見下ろすと、南西に向かって低い岬《みさき》が伸びている。

岬と言っても岩場が海の中へ伸びているだけで、木は一本も生えていない。

伸び上がって岬を見ようとすると、

「……草むらに近寄らないように」

と誠次に鋭く言われた。三人は足をすくめて後ずさる。

どこから先が崖になって落ち込んでいるのか判らない。フェンスもなく、草の先には遠く、海の白波が見えている。うっかり踏み出すと、崖を転落してしまいそうだった。

「……流れ星は、このあたりめがけて降っていた。あそこに雲が見えるだろ？　あのあたりから、どんどん落ちてきたんだ」

松男と時子は、うんうんと頷《うなず》くけれど、私はちょっと首を傾げる。そんなに一ヶ所目がけて、流星が降ってくるものなのか。誠次の目が血走っているのも気になった。

安全な草道を辿《たど》るようにして、私たちは岬へと下りていった。大きな岩が重なる上に、草が生えて道を作っていたが、やがてそれも岩だけになった。左右は海で、水しぶきが上がっていて、岩から岩に飛び移らなければ先へは行けない。

そうしてようやく、崖を下から見上げることの出来る場所に来た。

崖はずいぶんと高かった。上からは草がとび出している。その草の下は、粘土のような赤土が剥《む》き出しの、削れた壁になっていた。波が打ち寄せるあたりを見ると、無数の岩が重なり合っていて、岩と岩の間から白いしぶきが噴き上がっている。

草を踏み外して落ちでもしたら、あの岩に打ち当たって生きてはいられないだろうと思うと、あらためて身体がすくんだ。

私たち三人は、隕石探しの指示を待った。けれど誠次は、じっと崖を見上げている。

「……隕石を探そう」

と松男が声にすると、誠次も我に返り、

「そうだ、探さなくては」

と応じたものの、誰も隕石など見たことがないのだった。

「赤いのかな、隕石」

「いや、金色だと思う。流れ星だから」

と松男が言う。

「バカだな、流れ星は金色に光っていても、隕石は黒いんだよ」

「黒いのか……でも石炭みたいに真っ黒なのかな……石炭なら知ってる」

「燃えてたから熱いの？」

「いや、燃えカスだから灰色だ」

「消し炭みたいな灰色？」

「消し炭とは違う。もっと固くて、縞模様がある。他の石とは違う色のはずだ」

口ぐちに言うが、誠次は答えない。

「……きっと地球の石とは違うよ……縞模様かも知れない」

誠次がようやく言うと、全員それを信じて、探し始めた。

海水ギリギリにある石は、濡《ぬ》れていて縞模様がはっきりしている。縞模様を探していくと、どんどん水際に近づいた。小石を拾っては捨て、拾っては捨て、少しずつ崖の下にやってきた。

そのとき、最初に立ち止まったのは誠次で、時子が誠次を見て声を上げた。

「隕石、見つかったの？」

「いや」

誠次が見ているのは、崖の下の波打ち際、中くらいの岩と手前の大きな岩のあたり。

全員が同じ方向を見た。

岩と岩の間に、白い布のようなものが見える。私よりずっと背が高い誠次には、白いものがもっと大きく見えるのだろう。

「どうしたの」

私は誠次の棒切れのように固まった身体を見て、同じように固まって立ち尽くした。

「あれ、なに？　隕石？」

と時子が震える声で問うと、松男が確かめるために岩を飛び越えながら白いものに向かって足を動かした。

それを鋭い声で引き留めたのは誠次だった。

「松男、ダメだ、そっち行ってはダメだ」

「あの白いのは……」

「ダメだ、戻って来い」

「でも」

誠次の制止を聞かず岩を踏みながら進んだ松男が、立ち止まった。

「あれ、人だよ」

私は驚きのあまり息が止まり、次に吸った息が悲鳴になった。

「みな、ここに居るんだ。僕が確かめてくる」

誠次の圧倒的な声で動かなくなった三人を残して、岩に足を掛けながら白いものに向かって歩いていき、誠次は岩陰に隠れてしまった。

「そっちに居るんだぞ。来るな！」

岩の向こうから声だけが届いた。

しばらくして誠次は三人のところに戻ってくると、真っ青な顔で怒ったように言った。

「……隕石探しは終わりだ」

「……あれ、人かも知れない、死んだのかな」

松男がこわごわと誠次に訊ねると、

「違う、あれは人じゃない、あれはかぐや姫だ」

と言ったのだ。

かぐや姫のことは知っていた。竹から生まれて、沢山の男の人にプロポーズされて、でも最後は月に戻っていった。

「……かぐや姫のことは知ってる」

「あれは人ではない。かぐや姫だから、誰にも言うんじゃないぞ」

「どうして」

私の声は震えていた。

「……かぐや姫は月に昇って行ったのに」

と呟く。

「でも、落ちてしまったんだ。雲から落ちてしまったんだ」

「落ちないよ、人間じゃないから、落ちたりしないよ」

「ともかく、このことは誰にも言うんじゃないぞ。もし誰かに喋《しゃべ》ったら、罰が当たって死ぬからな」

「誠次は、おかしい。隕石だっておかしい。このあたりに一杯隕石が落ちてるって、ヘンだよ。かぐや姫も、ヘンだよ」

私ひとりが言いつのった。

松男や時子はヘンだと思わないのか。私もヘンだと思わずに探検に来たけれど、今日の誠次はいつもと違って、仏壇の閻魔《えんま》大王のような強引な目で、三人に命令した。今はまるで、悪いことをして父親に叱られて居る気分なのだ。

私の剣幕に気圧されたのか、誠次の剣幕は収まり、その目から涙が零《こぼ》れた。

「……ごめん。でもあれは、人ではなくてかぐや姫なんだ。本当なんだ。だからもう、帰ろう」

私たちは岬の小径を黙って歩き、崖の上までよじ昇り、来た草道を辿り家に向かった。崖の上から身を乗り出せば、白い布の正体を確かめることができたかも知れない。けれどどんどん先に歩いていく誠次に追いつくのが精一杯だったし、落ちて死ぬのが恐ろしかった。

帰り道は線路を通らず、蛇道をどんどん歩いたけれど、蛇は一匹も出てこなかった。

別れ際に、誠次はもう一度念を押した。

「いいか、隕石探しの探検も、かぐや姫を見たことも、絶対に内緒だぞ」

私たちは疲れ切っていたし、誠次に逆らう気もなく、ただ頷いた。

私はその日のことを、誰にも言わなかったし、松男も時子も黙っていた。

もしあの白いものが人だったなら、きっとニュースになるだろうし、父や母が噂話《うわさ》をするはずだ。私が知る限り、誰かが死んだとか消えたなどの噂は耳に入らなかった。

あれは誠次が言ったように、かぐや姫だったのかも知れない、あの白いものは、ただの布きれだったのではないか。

そんな気がしてきた。そしてそれ以後、松男も時子も、忘れてしまったかのようにあの日のことを喋らなくなった。隕石探しの探検もかぐや姫のことも、日常から切り離されて、扉に鍵のかかる部屋に押し込められ、やがてその部屋があることさえ、記憶から消えていったのだ。

誠次と顔を合わすこともなくなり、いちどだけ市内の真ん中を走る道路の反対側を、必死で自転車を漕《こ》いでいる誠次らしい男を見かけたけれど、誠次かどうかも判らないほどの大人びた変わりようだった。

誠次一家が大阪に引っ越したという話を聞いたのも、ずっとあとになってである。

東京に出て、学生時代に恋愛した相手と結婚した私は、平凡ながら会社員の妻として安定した生活を送っていた。

結婚生活が五年目を迎えるころ、子供を産みたい、と切実に願う私に対して、夫は嫌な顔をし始めた。このままで良いじゃないか、今のままで何の不満もないよ。

私は嫌なの。子供が欲しいの。

それが決定的な亀裂《きれつ》ではなかったけれど、夫は私を避け始め、自ら望んで静岡の掛川《かけがわ》支店へ単身赴任した。私が赴任先を訪ねるのも、一人で大丈夫なので必要ないと拒む。

優柔不断な夫は、きっぱり黒白をつけないと気がすまない私が鬱陶《うっとう》しいのだ。

三月の異動のときは東京勤務を望んで家に戻る、と言っていたのに、会社の同僚によると、続いて静岡勤務を希望し、そのまま残ることになったと言う。

誰か女が出来たのかしら。

それとも、毎日私と顔を合わすのが、そんなに嫌なのかしら。

春というより、すでに陽射しは夏めいた日、私は掛川のアパートを訪ねることにした。

これまでの煮え切らない夫の単身生活に、今さら何を見つけても怖くはなかったし、三十歳を目前にした私は、新しく人生を仕切り直すには時間もなく、このままではダメだと焦っていたのだ。

掛川駅からバスで市内に入り、アパートの住所を訪ねてみると、海からの潮風を受けてくすんだ、三階建ての古いモルタルアパートだった。

こんなアパートに。

私の気負いはあえなく萎《しぼ》んだ。

入り口の階段前には草が茂り、廃屋寸前の侘《わび》しさだ。ペンキの剝げた部屋の鉄の扉には、夫の名刺が貼り付けてある。東京での生活より、こんなアパートでの一人暮らしの方が良いのだろうか。

それを考えると、ふたたび惨めになる。

私はどこかで、女の匂いがする自由奔放《ほんぽう》な、単身赴任生活を想像していたのだった。

夫には何も知らせずに来たので、夫がアパートに戻る時刻まで、時間を潰《つぶ》さなくてはならなかった。

あるいはこのまま東京に帰る、そして何もなかったように、これまでの暮らしを続ける。

夫から離婚を言い出されたわけではなく、私自身がこの状態に焦り、中ぶらりんの気持ちにけじめをつけようと、仕事先までやって来たのだ。引き返せばよいだけのこと。

バス停にぼんやり立っていると、タクシーが停まった。私はタクシーを待って居たわけでは無かったが、開けられた扉から身体を滑り込ませていた。

「……どちらへ行きますか」

落ち着いた低い声で運転手に問われて、

「御前崎《おまえざき》に行ってください」

と答えていた。台風が来るたび、その名前を聞いていた。

「……灯台ですか」

運転手は振り向かずに行き先を確かめる。

「……そうね……いえ、別に灯台でなくても、海が見えるところへ」

運転手は少し考えていたが、

「でしたら、サンロードを走ってみます」

といって発進した。

サンロードという名前は、私の気持ちには明るすぎた。けれど実際には、うら寂しく、車もほとんど走っていない海岸沿いの道路で、片側に広がる海の波よりほか、何もないのだった。

「……この道から海に出るところはないの？」

「……この先で、ガードレールが切れて、海に出ることができます」

「そっちに行ってみてください」

サンロードから入る小径は、車が一台だけ通れる、左右から草が迫る細さだったが、行き着いてみると囲いのある駐車場になっていた。二、三台の車を停めて海を眺めることが出来る。

運転手はエンジンを止めた。

「ちょっと水際まで行ってみます」

囲いが切れたところからは、大小の石が水際まで続いていて、足元には色褪《あ》せた釣り用の浮きが捨てられているところを見ると、釣り人が来る岩場に違いない。

駐車場から見た時は、波も大きくなかったのに、岩場に来てみるとしぶきは顔の高さまで上がり、近くに潮穴でもあるのか、波音は低く規則正しく轟《とどろ》いている。

サンロードからわずかに外れただけなのに、こんな荒々しい岩場があるのだ。

その波音は、私の記憶の中から何かを引き出し、同時に何かを強引に封じ込めてもいた。

それを眼の前の海面に向かって、突然溢《あふ》れ出させたのも、地響きのような波音だった。

「……何か思い出されたのですか」

声がした。それは遠い過去からやってきた幻のような声だった。

いやそうではない。声は私の首の真後ろから聞こえていた。

振り向くと運転手が立っている。波音のせいで、近づいてきたのに気付かなかったのだ。

なんだ運転手か、と再び海に目をやり、はっと胸を突かれてあらためて振り向く。そして視線でまさぐるように男の顔を見た。

「……覚えておられないでしょうが……」

と男が切り出したとき、私は瞬時に視線を外し、停めたタクシーを見た。その岩場から少し高い位置に、黒い車体と、車の上に乗っている丸いランプが見えた。他に人の姿はない。

「……覚えてるって、何のことでしょう」

「私はバス停でぼんやり立っている貴女を見て、すぐに気がつきましたよ」

「気がついた、って何を？　ずいぶん不思議なことを仰るけど」

運転手は一歩後ろに退いた気配。

私はこれで通すことにした。まさかこんなところで、誠次がタクシーの運転手をしているなんて。

「……バス停で貴女を乗せたとき、掛川駅に行ってくれと言われるなら、見知らぬお客さんのままでいようと思った。でも海を見たいと言われたので、こうして声を掛けることになってしまった……やめておけば良かったですね」

「私、主人との約束があるんです。そろそろ行かなくては」

「……海を見るのがお好きですか……それとも怖いですか」

「見知らぬ運転手さんから、知り合いだと言われた方が、ずっと怖いですよ」

「そうですね、多分そうですね。いえ、そうではない、何かを思い出したから怖いのではありませんか」

そのとおりだった。運転席で行き先を問う運転手の声が、何かを思い出させたのだ。そして海に吸い寄せられた。

「……主人との約束が」

いや、何の約束もしていない。私は千切れた草のように、風に舞っているだけだ。

運転手は溜息をついた。

「私がここから返さないのでは、と心配しておられるなら、大丈夫です。先ほどのバス停にでも掛川の駅にでも、ちゃんと送っていきます。でも、あと一分だけ……」

「はい、一分だけ運転手さんの話を聞きましょう。あなたは私をご存じで、私はあなたを知らない。それで良ければ……」

この男は私を傷つけることはないだろう。なぜかそれは信じられた。私を傷つける理由がない。

私は目の前の岩に、海に向かって腰を下ろした。彼は私の後ろから海を眺めたまま立っている。背が高い彼は、昔も今も、私より遠くが見えるのだ。

「……ところで、この海岸線をあっちに辿っていくと、美保《みほ》という海岸がある。聞いたことありますか？」

「いいえ」

「そこの松原《まつばら》に天女が舞い降りた」

何か嫌な予感がする。逃げ出したいけれど動くことができない。

「……その天女こそ、かぐや姫だと思うんです」

ああついに、その言葉が背中に突き刺さった。

「……美保の松原の伝説は、かぐや姫ではありませんよ。天女もかぐや姫も、地球から消えてしまったのは同じですが」

「……白い衣が残されたのも同じ」

またしても、あの光景に戻る。

あの光景を思い出したことを、背後の男に知られてはならなかった。このまま、見知らぬままを、通すのだ。けれど私の心臓は、波音ほどの大きさで打ち続けている。

「……そろそろ一分経ちましたが」

「あの白い布は、母親のスカートでした」

私は返事をしない。息が詰まり返事が出来ない。何の話をしているのかと、首を傾げて見せた。

「……流れ星の夜、私の手を振り払って、母はあの崖から飛び降りた。魚とトロ箱の生活に疲れていたんです。心が病んで、おまけに父親は女を作った。一緒に流れ星を見に行こうと私を誘ったときのキラキラした目を見て、私は、ああ死ぬ気だなと解った。それまでも同じことがありましたからね。実際にはあの夜、流れ星なんて一つも見えなかった。暗いだけの空でした」

「もう三分は経ちました」

これでいい、見知らぬ運転手の戯言《たわごと》だ。

「あと少し付き合ってください……今日あなたに会えたのは、生涯に一度のチャンスなんだ。今ここで話したこと、二度と口にすることはない。もうすっかり忘れていたことですからね……崖の上で二人で夜空を見上げて、流れ星を探していたとき、母親が私に呟いたんだ。かぐや姫は無事に月へ戻って行ったけど、戻る月が無ければ、ずっと地球に居なくてはならない。かぐや姫が羨《うらや》ましい……そう言って立ち上がると、暗闇《くらやみ》の中をすっと滑るように白い布が動いて、草の中に消えた……声もなく消えました。あの崖の上の草から……」

「……なぜそんな話を見知らぬ私に？」

「……あなたや他の二人を騙《だま》して、あの崖へ連れて行ったりして悪かった。確かめたかったんです。岩の間のあの白いものが、母のスカートだとわかって、本当のところはほっとしました。一度死ねば、二度と死ぬことはない。死に損なって父に殴られることもない。母はかぐや姫になって天国へ昇っていった……」

「……その子供たちですが、口封じされて誰にも喋らなかったとしても、もしかしたらずっと長い間、その崖の下の白いものが、胸の中に蟠《わだかま》っていたかも知れないでしょう。無邪気な一日が、とんでもない人生の謎となって、こびりついてしまったかも知れないでしょう。それは酷いことですね」

背後の男は黙る。頷いているのか。

「さあ、あのバス停に戻ってもらいましょうか」

私たちは目を合わさず、タクシーへと歩き、運転手とお客に戻った。

バス停で代金を払い、お釣りを貰《もら》うとき、運転手の指が私の手の平の上に伸ばされた。まぎれもなく、水筒の蓋《ふた》を回し、かき餅を摑《つか》んだ、割れた指爪だった。

私は運転手の横顔を、後部座席からまじまじと見た。年齢相応に中年の気配を浮かべていたけれど、何か余計なものを脱ぎ捨てたような、さっぱりした表情だった。

「……あれから大変だったのね」

と私は言った。封じていたものが、素直に口をついて出てしまった。

「まあね、でも会えて良かった……相変わらずの強い性格だね」

と運転手はわずかに笑った。

「じゃ、元気で」

とタクシーを降りると、運転手は振り返ることもなく、走り去った。

私はあのモルタルのアパートに行くのを諦《あきら》め、掛川駅までバスに乗り、東京の自宅へ帰ることにした。

私はかぐや姫の苦しさの百分の一も知らない。まだ本当の苦しさと闘ってはいない。このまま自宅へ戻り、何もなかったように夫の帰りを待とう。子供がいない人生についても静かに考えてみよう。長い間、夫の笑顔を見ていないけれど、自分がやわらかな風になれば、何かが変わるかも知れないと考えた。

初出一覧（収録順）

旅する火鉢………「文學界」二〇一三年十月号、文藝春秋
崖………「新潮」二〇一四年六月号、新潮社
夢の罠………「文學界」二〇一四年十月号、文藝春秋
散歩………「すばる」二〇一五年一月号、集英社
ポンペイアンレッド………「文學界」二〇一五年十月号、文藝春秋
私が愛したトマト………「文學界」二〇一六年十月号、文藝春秋
蜜蜂とバッタ………「文學界」二〇一七年十月号、文藝春秋
蚕起食桑………「群像」二〇一八年五月号、講談社
タンパク………「群像」二〇二〇年一月号、講談社
翔の魔法………「Words & Bonds」（Web）二〇一一年七月、復興書店
かぐや姫………書き下ろし

本作品はフィクションです。実在の人物、団体等とは一切関係ありません。

髙樹のぶ子 たかぎ・のぶこ

1946年山口県生まれ。東京女子大学短期大学部卒業。84年「光抱く友よ」で芥川賞、94年『蔦燃』で島清恋愛文学賞、95年『水脈』で女流文学賞、99年『透光の樹』で谷崎潤一郎賞、2006年『HOKKAI』で芸術選奨文部科学大臣賞、10年「トモスイ」で川端康成文学賞。芥川賞など多くの文学賞の選考に携わる。09年紫綬褒章受章。17年日本芸術院会員。18年文化功労者に選出。著作に『オライオン飛行』、『白滋海岸』、『格闘』、『ほとほと』、『明日香さんの霊異記』『小説伊勢物語 業平』など多数。

私が愛したトマト

二〇二〇年　七月二十日　初版発行

著　者――髙樹のぶ子
発行者――南　晋三
発行所――株式会社　潮出版社
〒一〇二‐八一一〇
東京都千代田区一番町六　一番町SQUARE
〇三‐三二三〇‐〇七八一（編集）
〇三‐三二三〇‐〇七四一（営業）
振替口座　〇〇一五〇‐五‐六一〇九〇

印刷・製本――中央精版印刷株式会社

ISBN978-4-267-02252-4 C0093
http://www.usio.co.jp

◆潮出版社の好評既刊

明日香さんの霊異記《りょういき》

高樹のぶ子

現代に湧現する一二〇〇年の時を超えた因縁と謎。全てを解く鍵は日本最古の説話集『日本霊異記』に記されていた。古都・奈良で繰り広げられる古典ミステリー。

さち子のお助けごはん

山口恵以子

ひょんなきっかけから出張料理人となった飯山さち子は、波瀾万丈の運命を背負いながらも、依頼者を料理で幸せにしていく。笑いあり涙ありの連作短編小説。

叛骨《はんこつ》　陸奥宗光の生涯〈上・下〉

津本　陽

坂本龍馬との出会い、明治新政府への参画、投獄生活。日本の運命を担い、近代日本の礎を築いた陸奥宗光の生涯を描く。歴史小説の巨匠が放つ渾身の長編作！

オバペディア

田丸雅智

驚きと感動が入り混じった、世にも不思議な田丸雅智ワールドへようこそ。一話五分で読める奇想天外の一八編。現代ショートショートの旗手が紡ぐ渾身の一冊。

ぼくは朝日

朝倉かすみ

朝日と個性あふれる家族を中心に、北海道・小樽を舞台にした昭和の風情ただよう、笑いあり涙ありの物語。――最終章で明らかになる衝撃の真実とこみ上げる感動。